Natasza Tardio

ONZICHT BAAR

Natasza Tardio

ONZICHTBAAR

KLUITMAN

Voor Edmondo

Samen bestaan wij langer dan alleen en dat zegt eigenlijk al genoeg.

De Nederlandse Kinderjury 2015

NUR 284 / W041401

Omslagontwerp: Sanneke Prins, Sproud Amsterdam
Opmaak binnenwerk: Studio L.E.O.

kluitman.nl
jeugdthrillers.nl

Bij Koninklijke Beschikking
Hofleverancier

Leve mijn vijanden! Zij kunnen me tenminste niet verraden.

Henry de Montherlant (Frans schrijver 1896-1972)

Proloog

DE DAG DAT ALLES ANDERS WERD

Door: Ana Bootsma

Alles werd anders op de dag dat mijn broertje niet thuiskwam. Eerst dachten we dat hij gewoon weer eens laat was en dus stuurde mijn moeder me naar het speeltuintje. Niet dat het echt een speeltuin was, eerder een leeg stukje grond met een zandbak in het midden. Maar voor mijn broertje was dat voldoende. Vijfjarigen zijn snel tevreden. Tevreden en nieuwsgierig.

Eenmaal bij de speeltuin aangekomen zag ik al snel dat Daniël er niet was. Hij is vast al naar huis gegaan, dacht ik, maar mijn buik had een eigen mening. Een akelige kriebel zorgde ervoor dat ik sneller begon te lopen.

'Verdomme, Daniël,' mompelde ik zachtjes.

Eigenlijk wist ik het al voor ik weer thuis was. Mijn maag kromp pijnlijk ineen toen ik zag dat zijn rode laarsjes niet in de gang stonden.

'Waar kan hij nou zijn, Ana?' Handenwringend liep mijn moeder van de gang naar de kamer en weer terug. Daarna begon ze te mopperen. Dat doet ze altijd als ze ongerust of gestrest is.

'Waar is-ie nou? Hij weet toch dat hij naar binnen moet komen als de lantaarnpalen gaan branden? Als hij zo thuis is dan kan hij meteen na het eten naar bed.'

'Misschien is hij naar Bennie gegaan? Had hij geen zin meer om alleen te spelen?' Mijn moeder knikte aarzelend, maar ik zag de twijfel in haar ogen en het beviel me niets hoe ze haar lippen stijf op elkaar drukte en haar kaakspieren aanspande. Het is gek hoe zulke details je op zo'n moment opvallen. Net als de klok in de woonkamer die opeens veel harder leek te tikken. Ik had er nooit eerder bij stilgestaan wat een lawaai hij maakte. Tik, tak, tik, tak. Het liefst had ik dat antieke ding kapotgeslagen.

Achteraf wist ik toen eigenlijk al dat ik mijn broertje nooit meer levend terug zou zien. Helemáál niet meer eigenlijk, want nadat hij was gevonden mocht ik niet meer bij hem. Het zou te gruwelijk zijn, niet goed voor me. Ik kon me Daniël maar beter herinneren zoals ik hem had gekend. Zijn moordenaar was grondig te werk gegaan, zo grondig dat het gezicht van mijn broertje onherkenbaar was. Ik had het mijn moeder een paar avonden nadat Daniël was gevonden, tegen mijn vader horen gillen, waarna ze luid begon te huilen.

Met mijn handen tegen mijn oren zakte ik op de grond met mijn rug tegen de kast en dacht terug aan de laatste keer dat ik Daniël had gezien. De dag van zijn verdwijning. Hij was me komen storen terwijl ik bezig was met mijn huiswerk.

'Wil je spelen, Ana?'

'Niet nu, Daniël. Ik heb het druk.' Ik had hem slechts vluchtig aangekeken, maar de teleurstelling in zijn ogen zou ik nooit meer vergeten.

'Volgende keer, Daniël, ik moet mijn huiswerk afmaken.' Maar er kwam geen volgende keer. Daniël ging naar buiten, alleen naar de zandbak, omdat zijn zus het te druk had om te spelen.

Niet lang daarna kwam ik erachter dat de moordenaar van mijn broertje een klas hoger zat dan ik, op dezelfde school notabene, waar hij met een geweer eerst een aantal leerlingen en vervolgens een leraar doodschoot. En als laatste zichzelf, de lafaard. Ik was die dag niet aanwezig.

Inmiddels is mijn broertje alweer twee jaar dood. Vermoord, afgeslacht als een beest. Door iemand die slechts twee jaar ouder was dan ik. Een vijftienjarig monster dat een vijfjarige engel vermoordde. Zomaar, gewoon omdat hij daar zin in had. Gewoon omdat het kon.

Het gaat wel iets beter. Af en toe zie ik mijn moeder weer lachen en mijn vader slaapt weer thuis. De ruzies zijn grotendeels opgehouden, net als de huilpartijen, en hoewel Daniël nooit meer terug zal komen, is zijn kamer nog steeds intact. Op slot, maar ik weet waar de sleutel ligt en zo af en toe ga ik er 's nachts heen. Dan sta ik daar in het donker, en als ik mijn best doe kan ik heel vaag nog zijn geur ruiken.

Ik probeer me voor te stellen dat hij in zijn kinderbedje ligt, terwijl ik zie dat het niet zo is. Zijn bed is te netjes. Geen hoopje mens dat daar lekker ligt te slapen, geen kleine voetjes die onder de dekens uitsteken, maar een plat en keurig opgemaakt bed. Leeg. Een bed dat nooit meer beslapen wordt. Een eenzaam en verlaten bed.

Soms ga ik er even op liggen. Alsof ik het wil troosten, maar misschien zoek ik zelf wel troost, ook al weet ik dat die nooit zal komen. Niet na die vreselijke dag. De dag waarop Daniël verdween. De dag waarop alles anders werd.

Hoofdstuk 1

'Lucy, kun je nu eindelijk gaan zitten en stil zijn? En dat geldt overigens ook voor de rest!' René van Meren, onze leraar Nederlands, klinkt behoorlijk geïrriteerd. Niets voor hem, normaal is hij altijd erg relaxed, maar het is nogal rommelig in de klas, en daarbij is dit al de derde keer dat Lucy een waarschuwing krijgt. Zo te horen kan ze nu maar beter luisteren en gaan zitten.

'Ana.' Naast me probeert Roos mijn aandacht te trekken. 'Ana, heb je dit gezien?' Over de tafel schuift ze een opgevouwen stuk krant. Zenuwachtig kijk ik in de richting van René. In tegenstelling tot Lucy heb ik geen zin in problemen en het is duidelijk dat voor hem de maat vol is. Voorzichtig pak ik het stuk krantenpapier van tafel en hou het vlak boven mijn schoot, net onder de tafel uit het zicht van de leraar.

Ik voel Roos naar me kijken en word daar alleen maar zenuwachtiger van. Snel vouw ik het stukje krant open. Grote, dikke letters lijken bijna van het papier te spatten.

GEZOCHT: SCHRIJFTALENT. Snel lees ik verder. *Altijd al gedroomd van een schrijfcarrière? Schrijf je korte verhalen en ben je tussen de twaalf en achttien jaar oud? Doe dan mee aan de spannende schrijfwedstrijd*

Imagine!. Verbaasd kijk ik in de richting van Roos.

'Daar moet je aan meedoen!' sist ze zo hard dat ik geschrokken opkijk. Gelukkig is René bezig met Lucy, die weer eens behoefte heeft aan extra aandacht.

'Doe niet zo gek. Dat kan ik helemaal niet.' Maar daar neemt Roos geen genoegen mee. 'Natuurlijk kan je dat wel. Je schrijft ontzettend goed. Dit is echt iets voor jou! Ze zijn op dit moment overal aan het werven. Op Facebook, Twitter, in de krant.' Twijfelend kijk ik nog eens naar de advertentie in mijn hand en denk snel na. Ergens wil ik best wel meedoen. Ik ben gek op schrijven en heb thuis mappen vol met korte verhalen, maar ik ben er niet van overtuigd dat dat me een goede schrijver maakt. Niet per se iemand met talent. En al had ik wel talent, hoe moest dat dan met mijn moeder? Die zou het vast niets vinden. Vooral niet als ons gezin daardoor in de publiciteit zou komen. *Opnieuw in de publiciteit.*

'Ik kan niet meedoen. Het gaat thuis net iets beter. Ik weet niet wat mijn moeder ervan zal vinden. Er komt toch aandacht en je weet hoe moeilijk ze dat vindt. Na al dat gedoe met Daniël.' Met een snelle beweging maak ik een prop van het stuk krantenpapier en leg die op de hoek van de tafel.

'Echt wel dat je meedoet! Je bent gek als je dit laat schieten. Je moeder kan het heus wel aan. Het is maar een schrijfwedstrijd; je gaat niet meedoen met *X Factor*.' Roos pakt met haar ene hand de prop beet en met haar andere mijn pols.

'Au!' Ik probeer mijn hand terug te trekken, maar ze laat me niet los. Door de druk van haar vingers open ik mijn hand. Net ver genoeg om de prop erin te duwen. Ze kijkt me bijna woedend aan en laat dan mijn hand los.

‘Ben je gek of zo?’ Roos is mijn beste vriendin, maar soms kan ze behoorlijk gestoord doen. Boos leg ik de prop weer op tafel, maar als ik mijn hand terugtrek, zie ik dat René plotseling voor ons komt staan en hem oppakt. Zonder iets te zeggen vouwt hij het papier open en leest de advertentie. Langzaam en netjes vouwt hij het weer op en kijkt me aan.

‘Kun je na de les even blijven, Ana?’ Het is niet echt een vraag, want hij draait zich bijna direct om en loopt naar Michel, die net niet snel genoeg een dropje in zijn mond steekt. René maakt er op zijn gebruikelijke manier korte metten mee.

‘Betrapt! Eten in de klas is niet toegestaan en alleen eten al helemaal niet. Inleveren die zak drop. Laat ik, en waarschijnlijk de rest van de klas ook, daar nou net trek in hebben.’

Ik zie en hoor hoe Michel zich zuchtend en steunend vooroverbuigt om de zak snoep uit zijn rugzak te vissen, maar het interesseert me verder niet. Boos kijk ik naar Roos. Door haar zit ik nu in de problemen. Betrapt op kletsen tijdens de les. Terwijl de hele klas net nog gewaarschuwd was. Soms kan Roos zo ontzettend eigenwijs zijn. Ik zei toch dat ik geen zin in die wedstrijd had? Waarom kan ze dat dan niet accepteren? Zuchtend buig ik me over mijn werkboek. Tijd om die stomme grammaticaoefeningen te maken. Ik haat grammatica. Bijna net zo erg als nablijven na de les.

Als de deur van de klas dichtgaat zie ik hoe Lucy nieuwsgierig met haar valse lach door het raam de klas inkijkt. Het ergert me. Het is misschien ook wel haar schuld. Als zij niet zo veel lawaai gemaakt had en door de klas was gaan lopen, dan was René lang niet zo geïrriteerd geweest en was ik er waarschijnlijk met een waarschuwing vanaf gekomen.

Zwijgend pak ik mijn tas in terwijl René het bord schoonveegt. Langzaam loop ik naar voren.

'Je wilde me na de les spreken?' Ik probeer mijn stem zo nonchalant mogelijk te laten klinken. Alsof het om een kleinigheid gaat.

René kijkt me even aan en pakt dan de advertentie van zijn bureau.

'Ga je meedoen met die schrijfwedstrijd?' De vraag blijft even tussen ons in hangen en aarzelend bijt ik op mijn onderlip. Dan haal ik mijn schouders op.

'Ik weet het niet.' Zenuwachtig kijk ik naar mijn handen. Nu begint René ook al te zeuren over die stomme wedstrijd. Wat maakt het nou uit of ik meedoe of niet? Dat beslis ik toch lekker zelf!

'Ik ga niet meedoen.' Mijn woorden klinken hard door het lokaal. Meer boos dan vastberaden. Het is te lang stil. Zenuwachtig schraap ik mijn keel, maar René blijft zijn mond houden en kijkt me zwijgend aan. Mijn wangen beginnen te gloeien en net als ik wat wil zeggen, verbreekt hij eindelijk de stilte.

'Jammer. Je zou best een goede kans maken.' Verbaasd kijk ik hem aan. Mijn handen ben ik even vergeten.

'Je lijkt wel verrast? Je schrijft hartstikke leuk. Daar moet je echt iets mee doen.' Hij glimlacht. Zou hij soms onder één hoedje spelen met Roos? Waarom moest zij niet nablijven? Maar eigenlijk is dit geen nablijven. Het gaat niet om straf, maar om goede raad.

'Waarom denk je er niet nog eens over na? Je kan toch ook gewoon eerst probéren om een verhaal te schrijven? Dan beslis je later wel of je het instuurt.' Hij staat op en legt zijn hand op mijn schouder.

'Je ouders zouden trots op je zijn. Wie wil er nou niet een getalenteerde dochter?' Hij knijpt even in mijn schouder en laat me dan los. Het gesprek is voorbij en ik draai me om. Misschien heeft hij gelijk en moet ik het gewoon eens proberen. Niet om mee te doen, maar om te kijken of het me lukt. Dat kan toch geen kwaad? En heel misschien, als ik toch meedoe, maak ik mam en pap inderdaad wel trots. Wie weet...

In de gang klinkt de bel voor de volgende les. Tussen mijn vingers voel ik de advertentie. Die heeft René nog snel even in mijn hand gedrukt voor ik de klas verliet. Ik stop hem in de zak van mijn spijkerbroek. Misschien voor later, na schooltijd, als ik thuis ben.

Dan zet ik het op een rennen, de laatste bel is inmiddels gegaan. Ik moet opschieten. Nog meer problemen kan ik echt niet gebruiken vandaag.

Als ik in de richting van de kantine loop blijft de schrijfwedstrijd maar door mijn hoofd malen, net als Renés woorden. Volgens hem maak ik een goede kans en als leraar Nederlands moet hij er toch wel een beetje verstand van hebben. *Of juist niet. Hij is niet voor niets leraar Nederlands geworden in plaats van een tweede Paul van Loon.* Ik schud het nare stemmetje van me af. René is niet de enige die gelooft dat ik een kans heb om te winnen. Roos zei precies hetzelfde en al kon ik haar een paar uur geleden wel schieten, ze is mijn beste vriendin en ze heeft nog nooit tegen me gelogen.

In de verte zie ik Roos, Ymke en Lucy aan ons tafeltje zitten. Al een paar weken na het begin van het schooljaar is er een soort onuitgesproken afspraak gemaakt over wie in de kantine aan welke tafel zit. Elk groepje heeft zijn eigen plek; Roos, Ymke, Lucy en ik zitten altijd achterin, twee tafels voor het podium aan de muurkant. Omdat we vriendinnen zijn.

Zelf denk ik daar iets anders over. Roos en ik zijn vriendinnen, Ymke is er later bij gekomen. Roos kent haar van kickboksen. En Lucy, tja, die is halverwege vorig jaar aangeschoven omdat ze een nichtje van Ymke is en ze verder niemand kende op school. En toen waren er plotseling vier.

Ik vind Lucy voornamelijk erg irritant. Roos ook, en die steekt dat niet onder stoelen of banken. Tegenover mij tenminste. Tegenover Lucy probeert ze zich op haar manier in te houden. Voor zover dat lukt. Roos is een heethoofd en kan soms behoorlijk explosief zijn, vooral als Lucy weer eens doordraaft.

'Ze is een aansteller en verslaafd aan aandacht,' hoor ik Roos in gedachten zeggen. En hoewel ik altijd probeer om de vrede te bewaren en de boel te sussen, vind ik eigenlijk dat ze wel gelijk heeft. Lucy ís ook een aansteller en ze doet alles om in de belangstelling te staan. Doodvermoeiend. Daarbij heeft ze iets geniepigs over zich, alsof ze alles in de gaten houdt. Vooral mij. Misschien dat Roos daarom zo'n hekel aan haar heeft. Lucy bemoeit zich echt met alles wat ik doe of zeg en ik krijg dan ook regelmatig kritische whatsappjes van haar. Soms lopen de kriebels over mijn rug, maar tot nu toe heb ik me kunnen inhouden.

Terwijl ik mijn gedachten over Lucy naar achteren schuif, loop ik snel naar het tafeltje toe. Ik gooi mijn rugzak op de grond tegen de muur.

'En, heb je straf gekregen?' Lucy's schelle stem schalt over de tafel. Zonder iets te zeggen pak ik mijn flesje cola uit mijn tas en draai de dop eraf. Zwijgend schud ik mijn hoofd. Verbaasd kijkt Lucy me aan. 'Wat moest hij dan van je?'

Dat gaat je niets aan! De stem in mijn hoofd klinkt luid, maar niet zo luid dat Lucy hem kan horen.

'Niets bijzonders. Hij vroeg me of ik mee wilde doen aan een schrijfwedstrijd.' Snel neem ik een slok cola en draai mijn stoel de andere kant op. Ik realiseer me nogmaals dat Lucy eigenlijk helemaal niet bij ons vriendinnengroepje hoort en er wat mij betreft ook nooit echt bij zál horen. En misschien geldt dat ook wel voor Ymke. Voor mijn gevoel probeert die zich altijd tussen Roos en mij in te wurmen. Wat dat betreft lijken de nichtjes op elkaar. Hoewel je bij Ymke nooit echt weet wat ze denkt.

'Bedoel je soms die Imagine!-wedstrijd? Daar ga je toch niet aan meedoen?' Lucy's stem klinkt spottend en ik moet moeite doen om niet te reageren. Soms kan ze zo'n bitch zijn. Ik neem nog een slok van mijn cola.

'En waarom zou Ana daar niet aan meedoen? Als er iemand is die kan schrijven dan is zij het wel.' Roos klinkt boos en ze kijkt Lucy verwijtend aan.

'Maak je niet druk. Ieder z'n mening.' Lucy steekt haar onderkin naar voren en doet haar armen over elkaar. Ik zie dat Roos zich echt probeert in te houden, maar op het punt staat om te ontploffen. Snel stuur ik een waarschuwende blik haar kant op. Ik heb geen zin in ruzie en gelukkig pikt Roos het signaal op. Hoewel ze het me niet in dank afneemt, te oordelen naar de manier waarop ze haar broodtrommel op tafel smijt.

De rest van de lunchpauze luister ik hoe Ymke en Lucy over ene Peter praten, terwijl Roos nog snel haar huiswerk naloopt. Af en toe werpt ze een geïrriteerde blik in Lucy's richting, als die als een kakelende kip haar stem laat horen.

Opnieuw kijk ik naar Lucy en Ymke, en net als ik weer een slok wil nemen zie ik hoe Ymke mij aankijkt. Zonder emoties houdt ze mijn blik vast en even voel ik de kriebels over mijn rug gaan. *Wat is het toch een ijskoningin.* Was het maar tijd om naar huis te gaan. In mijn broekzak brandt de advertentie. Zou ik echt een kans maken?

‘Ana, kun jij nog even de groente uit de keuken pakken?’ Mijn moeder zet de laatste borden op tafel en snel loop ik naar de keuken om de schaal van het kookeiland te pakken. Roos was na schooltijd mee naar mijn huis gegaan, maar is een poosje geleden alweer vertrokken. Ze probeerde verder te praten over de wedstrijd, maar ik ben er niet op ingegaan.

Ergens zou ik best willen meedoen. Ik ben gek op schrijven. Vroeger verzon ik altijd verhalen voor Daniël. Die vertelde ik hem voor het slapengaan, en als ik uit logeren of op schoolreisje ging, dan schreef ik er eentje voor elke nacht dat ik weg was. Een kort verhaaltje, dat mam of pap dan aan hem voorlas. Toen vonden ze het nog leuk en waren ze trots op wat ik maakte.

Maar dat was toen. Sinds de dood van Daniël vragen ze niet meer of ik nog wel eens wat schrijf. Misschien denken ze wel dat ik gestopt ben. Dat zou helemaal niet zo gek zijn.

Tegenwoordig schrijf ik alleen nog maar op mijn kamer, als niemand me ziet. Ik ben vaak op mijn kamer, en als ik daar niet ben, ben ik bij Roos of op school. Mijn ouders probeer ik zo veel mogelijk te vermijden.

Opnieuw denk ik aan de wedstrijd en wat mijn ouders daarvan zouden vinden.

‘Roep je vader nog een keer, wil je?’ Mijn moeder is al begonnen met opscheppen en ik weet dat ze het vervelend vindt dat mijn vader nog niet aan tafel zit. Als ik me omdraai zie ik hem net uit de keuken komen. In zijn hand heeft hij een biertje. Zonder iets te zeggen loopt hij langs me heen en gaat aan tafel zitten.

‘Is het nou echt nodig om doordeweeks bier te drinken?’ Mijn moeders stem klinkt scherp. Mijn vader houdt zijn mond en pakt het bord aan dat mijn moeder voor zijn neus houdt.

'Als je dan zo nodig iets moet drinken, drink dan een glas wijn.' Mijn vader neemt net een hap en negeert opnieuw mijn moeders opmerking. Eigenlijk had ik over de schrijfwedstrijd willen praten, maar dit is duidelijk niet het goede moment. Snel neem ik een paar grote happen. Ik wil klaar zijn voor de ruzie echt begint. Veel tijd is er niet meer. De spanning is om te snijden.

'Zelfs als je thuis bent kom je te laat aan tafel. Je bent er nooit. Ik sta er altijd alleen voor. Net als twee jaar geleden...'

Met een klap legt mijn vader zijn vork op tafel. Te laat. Ik ben nog niet klaar met eten, maar daar trekken mijn ouders zich niets van aan.

'Net als twee jaar geleden...? Wat bedoel je daar nou weer mee? Bedoel je soms dat het mijn schuld is dat Daniël door die jongen is meegenomen? Omdat ik die avond moest overwerken?' Woedend kijkt mijn vader in mijn moeders richting.

Snel schraap ik de laatste restjes groente bij elkaar en neem een hap. Eindelijk klaar. Zonder iets te zeggen pak ik mijn bord op en schuif mijn stoel naar achteren. De poten maken een piepend geluid op de vloer. Scherp, hard, maar mijn moeder lijkt het nauwelijks te merken.

Als ik de kamer uit ga begint mijn moeder te huilen. Zachtjes loop ik de trap op. Ik wilde dat ik kon toveren en de tijd terug kon draaien, maar het enige wat ik kan doen is naar mijn kamer gaan en de ruzie uitzitten. En als ik geluk heb en mijn deur dichtdoe dan merk ik er misschien niet zo veel van. Maar eigenlijk weet ik wel beter.

Hoofdstuk 2

Op mijn kamer is het een stuk rustiger. Ik baal ervan als mijn ouders ruziemaken. Het gaat inmiddels een stuk beter dan een paar maanden geleden, maar af en toe ontploft de boel en vandaag was het dus weer eens zover.

Zuchtend ga ik op mijn bed liggen en staar naar het plafond. Langzaam draai ik een pluk van mijn lange bruine haar om mijn vinger. De schrijfwedstrijd blijft maar door mijn hoofd spoken. Ik had het vanavond met mijn ouders willen bespreken, maar die waren te veel met zichzelf bezig. Volgens mij hebben ze niet eens gemerkt dat ik naar boven ben gegaan. En als ze het wel hebben gemerkt, dan kon het ze duidelijk niet veel schelen. Er is zo veel veranderd na de dood van Daniël. Soms is het net alsof ik niet alleen mijn broertje ben kwijtgeraakt, maar ook mijn ouders. Niet echt, maar zo voelt het wel.

Als ik me omdraai zie ik mijn schrijfblok naast mijn bed liggen. Misschien moet ik gewoon meedoen. Waarschijnlijk kom ik niet eens door de eerste ronde en maak ik me druk om niets. Toch twijfel ik. Zeker na vanavond. Mijn moeder kan zo overgevoelig reageren. Ze vond al die media-aandacht na de moord op Daniël vreselijk en is blij dat de pers ons inmiddels is vergeten. Journalisten worden gedreven door het nieuws. Daniël is al heel lang geen nieuws meer. Finn is vergeten en zijn slachtoffers ook.

Beneden hoor ik de voordeur dichtslaan. Snel spring ik op en loop naar het raam. Net op tijd om mijn vader op zijn fiets te zien stappen en weg te zien rijden. Zijn schouders gebogen, zijn ooit zo bruine haar nu grijzer dan ooit. Hij lijkt in niets meer op de vader van vroeger.

Als hij de hoek om is, blijf ik nog even staan. Dan loop ik naar mijn nachtkastje, pak het schrijfblok en ga aan mijn bureau zitten. Uit de la pak ik mijn vulpen. Gekregen van mijn moeder toen ik naar de middelbare school ging. In het begin gebruikte ik het potje inkt om de pen te vullen, maar na een paar vervelende vlekken in een splinternieuwe spijkerbroek, was ik overgaan op losse vullingen. Eigenlijk ook wel zo handig. Het potje staat nog steeds op mijn bureau.

Uit mijn broekzak haal ik de advertentie.

Gezocht: schrijftalent. Altijd al gedroomd van een schrijfcarrière? Schrijf je korte verhalen en ben je tussen de twaalf en achttien jaar oud? Doe dan mee aan de spannende schrijfwedstrijd Imagine! *en maak kans op een jaar lang gratis boeken van uitgeverij Jongster, plus een jaar lang intensieve schrijfbegeleiding door literair agentschap De Heer en Brouwers!*

Ik lees de advertentie een paar keer door. Er staat ook een webadres bij. Ik leg de advertentie op tafel en rol mijn stoel naar rechts. Mijn laptop staat nog aan. Op het scherm het werkstuk dat ik aan het schrijven ben voor geschiedenis. Het gaat over de Tweede Wereldoorlog. De slag om Arnhem. Ik sla het voor de zekerheid nog een keer op, klik dan het Worddocument weg en open Chrome.

Doe mee met deze unieke schrijfwedstrijd! Ben jij dat

verborgen schrijftalent waar heel Nederland op zit te wachten? Dan is dit je kans om dat te laten zien!
Lees hier de voorwaarden voor de eerste ronde. Schrijf een kort autobiografisch verhaal van maximaal 1000 woorden met de titel: 'De dag dat alles anders werd'. Alle inzendingen worden beoordeeld door een vakjury bestaande uit Peter Verdoorn, auteur van meerdere jeugdthrillers waaronder het verfilmde *Pas als jij rustig bent* en het met de Zilveren Pen bekroonde *Patat, frikadellen en pillen*; Sandra Grooten, uitgeefster bij Uitgeverij Jongster, en Raymond de Heer van literair agentschap De Heer en Brouwers.
Aarzel niet langer. Ga achter je toetsenbord zitten en schrijf jouw unieke verhaal. Vul de vragenlijst in op de website en upload je verhaal voor 1 oktober. Doe mee!

Ik lees de woorden een paar keer over en pak dan mijn pen. Het witte papier voor me wacht om beschreven te worden. In gedachten zie ik woorden verschijnen. Woorden die ik niet meer kan tegenhouden. *Het kan geen kwaad om een verhaal te schrijven, ik hoef het niet in te sturen. Alleen maar te schrijven.* Ik pak de pen steviger beet en trek de dop eraf. In mijn buik kriebelt het. Alsof ik iets ga doen wat eigenlijk niet mag. En dat is niet zozeer het schrijven zelf, maar eerder het verraad dat ik ermee pleeg.

In de gang wordt een deur dichtgeslagen. Het is mijn moeder. Ze is nog steeds boos. Kon ze de dingen maar wat makkelijker loslaten. Dat zou alles zo veel eenvoudiger maken. Niet alleen voor pap en mij, maar ook voor haar. Op deze manier wordt ze nooit gelukkig. *Dat wil ze ook helemaal niet!* De kriebel in mijn buik begint pijnlijk aan te voelen.

Natuurlijk wil mijn moeder wel gelukkig zijn. Ze heeft gewoon veel verdriet. *Verdriet waarin ze zwelgt!* Meteen voel ik me schuldig. Ik zou niet zulke nare dingen over mijn moeder moeten denken.

Opnieuw kijk ik naar het vel voor me en haal diep adem. Dan zet ik mijn pen op het papier en begin te schrijven.

De dag dat alles anders werd
Door: Ana Bootsma

Alles werd anders op de dag dat mijn broertje niet thuiskwam. Eerst dachten we dat hij gewoon weer eens laat was en dus stuurde mijn moeder me naar het speeltuintje. Niet dat het echt een speeltuin was, eerder een leeg stukje grond met een zandbak in het midden. Maar voor mijn broertje was dat voldoende. Vijfjarigen zijn snel tevreden. Tevreden en nieuwsgierig.

Aan de andere kant van de muur hoor ik gerommel. Laden schuiven open en dicht. Ik weet niet wat mijn moeder zoekt, en op dit moment kan het me ook niet schelen. De woorden in mijn hoofd dringen zich op. Alsof ze te lang hebben moeten wachten.

Ik richt me weer op mijn papier en probeer de rest buiten te sluiten. Ik denk aan de titel: 'De dag dat alles anders werd'. De dag dat voor mij alles anders werd, was de dag dat Daniël werd vermoord. Vermoord door een jongen van mijn school. Een paar klassen hoger. Iemand die ik bijna dagelijks in de gangen tegenkwam, samen met die andere jongen. Milo. Milo Bauers.

Terwijl ik aan hem denk zie ik hem weer voor me. Een verlegen jongen. Altijd in de buurt van die Finn. Ook op de dag dat diezelfde Finn begon te schieten op school. *Echte moordvrienden.* Maar hoe erg dat ook was, het was niet de dag dat alles anders werd. Niet voor mij tenminste. Die dag vond al eerder plaats. Het was de dag dat Daniël alleen ging spelen bij het kleine speeltuintje. *Omdat jij geen tijd voor hem had.* Maar een paar straten van ons huis. Ik liep er die bewuste avond in een paar minuten naartoe, maar…

Eenmaal bij de speeltuin aangekomen zag ik al snel dat Daniël er niet was. Hij is vast al naar huis gegaan, dacht ik, maar mijn buik had een eigen mening. Een akelige kriebel zorgde ervoor dat ik sneller begon te lopen.
'Verdomme, Daniël,' mompelde ik zachtjes.

Ik ben de wereld om mij heen vergeten. Eén geworden met de herinneringen in mijn hoofd en het gekras van de pen op het papier. Als ik eindelijk klaar ben is het buiten donker en in huis stil. Ik stop het schrijfblok in mijn tas. Voor mijn leraar Nederlands. Zelf wil ik het niet overlezen. Snel kleed ik me uit en stap in bed. Het tandenpoetsen sla ik maar een keer over. Ik ben kapot. Als ik mijn ogen sluit zie ik in gedachten een bekend gezicht. Daniël. Dan val ik in slaap.

Ik kan niet wachten tot de les voorbij is. Zo graag wil ik het verhaal aan mijn leraar Nederlands laten lezen. Kijken wat hij ervan vindt. Ergens best wel eng. Het is meer dan een verhaal. Het is een deel van mij. Wat ik voel, wie ik ben. Nerveus trekt mijn buik samen. Misschien kan ik het beter aan Roos laten lezen. *Je wilt een eerlijke, professionele mening, toch?* Ik probeer het stemmetje in mijn hoofd weg te duwen. Roos is ook altijd eerlijk. Soms zelfs een beetje te eerlijk. Maar Roos heeft geen verstand van schrijven...

Zenuwachtig schuif ik heen en weer op mijn stoel.

'Zit eens even stil, joh.' Roos kijkt me fronsend aan. 'Sorry,' fluister ik zachtjes en ik probeer me te concentreren op mijn werk. Tevergeefs, want als de bel gaat heb ik nog geen derde van de oefeningen gedaan. Dat wordt straks huiswerk maken. Lang blijf ik daar niet bij stilstaan.

Zonder op te kijken rommel ik wat in mijn tas. Ik voel Roos' blik.

'Ik kom zo,' zeg ik zonder haar aan te kijken. Als ze nu maar niet een hele ondervraging begint. Daar heb ik echt geen behoefte aan, ik ben al zenuwachtig genoeg. Maar ze lijkt het te begrijpen. Na een korte stilte hoor ik haar zeggen dat ze alvast naar de kantine gaat. Ik knik en kijk haar even aan. Dan trek ik mijn schrijfblok uit mijn tas en loop naar voren. De klas is leeg en ineens voel ik me enorm aanwezig. Er is niemand behalve ik en dat merkt mijn leraar ook op.

'Kan ik iets voor je doen, Ana?' Snel doe ik nog een stap in de richting van het bureau. Ik aarzel nog slechts een seconde.

'Ik heb een verhaal geschreven.' Ik probeer zo nonchalant mogelijk over te komen, maar mijn hart klopt in mijn keel en ik voel mijn wangen langzaam heter worden. Ik begin opnieuw te twijfelen. Moet ik mijn gedachten wel wereldkundig maken? Moet ik ze wel delen met anderen?

'Het is een verhaal voor de schrijfwedstrijd. Van die advertentie.' Inmiddels voelt het alsof mijn hoofd in brand staat. René zegt nog steeds niets en luistert hoe ik sta te hakkelen.

'Het verhaal mag niet meer dan duizend woorden tellen en je moet de titel "De dag dat alles anders werd" gebruiken. O ja, het moet ook autobiografisch zijn. Het moet dus over iets gaan wat je zelf hebt meegemaakt.' Meteen stijgt een nieuwe warmtegolf via mijn nek naar mijn wangen. Alsof mijn leraar Nederlands niet weet wat autobiografisch is. Opeens voel ik me enorm dom.

'Zou je het willen lezen en zeggen of je het iets vindt?'

René pakt het opengeslagen schrijfblok aan. Hij leest even snel de eerste regels. Dan kijkt hij weer op.

'Weet je wat? Ik heb nu pauze en daarna twee tussenuren. Waarom ga je niet even lunchen, en dan kom je over een uurtje bij me langs.' Ik knik en loop terug om mijn tas te pakken.

'En Ana,' ik draai me om als ik mijn naam hoor, 'bedankt voor het vertrouwen.' René glimlacht en leunt achterover in zijn stoel.

Wat moet je daar nou op antwoorden? Niets kennelijk, want hij is al aan het lezen geslagen. Ik pak dus snel mijn spullen en loop het lokaal uit. Aan de ene kant opgelucht, aan de andere kant nog zenuwachtiger. En ik zal erachter komen dat dat het komende uur alleen nog maar erger wordt.

'Ah, Ana, daar ben je weer.' Ik heb de deur van het klaslokaal nog niet opengedaan of mijn leraar wenkt me al druk dichterbij. Hij is in een goed humeur. Dat moet iets positiefs betekenen. Toch?

'Ga zitten. Je wilt vast weten wat ik van het verhaal vind. Nou, ik heb het met veel bewondering gelezen en ben ontzettend onder de indruk. Wat heb je je gevoelens mooi op papier gezet. Er zaten hier en daar een paar grammaticale foutjes in en ik zou ook niet te veel afwijken van de eigenlijke lijn van het verhaal, namelijk die van de dood van je broertje en de gevolgen die het voor jou en je ouders heeft gehad. Dus ik raad je aan om niet te diep in te gaan op Finn en Milo. Daar zou ik dus wat schrappen, en dan is het uitermate geschikt om in te sturen voor die wedstrijd. Ik heb het al eerder gezegd: je maakt zeker een kans.' Op het moment dat René over Daniël en zijn moordenaar begint, voel ik mijn hart een slag overslaan. Gesprekken over Daniël probeer ik altijd zo veel mogelijk te vermijden. Al dat medeleven komt me mijn strot uit. Iedereen bedoelt het goed, maar je hebt er niets aan. Dat soort gesprekken zou ik liever met mijn ouders hebben. Maar die zwijgen de moord op Daniël liever dood. *Vermoord en doodgezwegen, dan ben je pas echt verdwenen.* Ik richt me weer op René. Dit is anders. René praat over Daniëls dood zonder emoties. Alsof het iets zakelijks is. Ik realiseer me dat ik dat prettig vind. Het is makkelijker als er afstand van wordt genomen.

'Je gaat het verhaal toch wel insturen?' De zin blijft even tussen ons in hangen. Sinds gisteravond heb ik nauwelijks aan mijn moeder gedacht, maar nu ik steeds dichter bij een beslissing kom, springt ze als vanzelf weer in mijn gedachten. Allerlei vreselijke scènes schieten door mijn hoofd. Mijn moeder hysterisch huilend, handen in het haar. Mijn moeder met haar mond dicht, lippen zo stijf op elkaar geklemd dat alle kleur eruit is verdwenen. Mijn moeder die zwijgend haar hoofd schudt en zich teleurgesteld omdraait. Geen van de beelden laat iets positiefs zien. Buiten alle aandacht die de wedstrijd zal krijgen en dus waarschijnlijk de deelnemers ook, zal ze zeker niet blij zijn met dit verhaal. Een verhaal over Daniël, maar ook het verhaal over de rest van ons gezin.

'Ik weet het niet. Mijn moeder zal er niet blij mee zijn en het gaat net wat beter met haar.'

René knikt. 'Dat begrijp ik. Het is natuurlijk jouw beslissing, maar ik vind dat je mee moet doen. Praat er desnoods eerst met je moeder over, maar kies ook eens voor jezelf. Laat je leven niet sturen door de schaduw van Daniël.'

Zijn woorden blijven door mijn hoofd spoken als ik kort daarna de klas verlaat. In mijn tas het verhaal, met hier en daar wat aantekeningen van mijn leraar. *Laat je leven niet sturen door de schaduw van Daniël.* Is dat wat ik doe? Mijn leven laten sturen door Daniëls schaduw? Ik probeer te begrijpen wat René bedoelt.

'Ana! Hé, Ana!' Als ik opkijk zie ik Lucy in de verte zwaaien. *Net wat ik nodig heb. Miss Aandachttrekster.* Met in gedachten nog de woorden van mijn leraar Nederlands probeer ik mijn irritatie weg te glimlachen. Vlak achter Lucy zie ik Ymke staan. Als een schaduw volgt ze haar nichtje. Voordat Lucy door Ymke in ons vriendengroepje werd getrokken, was Ymke een stuk gezelliger. De laatste maanden is ze steeds stiller geworden en af en toe kan ze behoorlijk kattig uit de hoek komen. Vooral tegen mij.

Hijgend blijft Lucy voor me staan. En ze heeft maar een paar meter gerend.

'Wat moest je bij Van Meren?' Lucy windt er geen doekjes om. Schaamteloos nieuwsgierig. Het ergert me en ik zie dan ook geen enkele reden om haar iets te vertellen over mijn gesprek met René.

'Het ging zeker over die wedstrijd, hè? Heb je een verhaal geschreven?' Onderzoekend kijkt Lucy me aan, maar zonder blikken of blozen hou ik mijn mond en haal mijn schouders op. Ymke zegt niets, maar ik zie dat ze nieuwsgierig is. Alsof ze verwacht dat er elk moment iets spannends gaat gebeuren. *Of daarop hoopt.*

'Je hebt dus een verhaal geschreven.' Lucy zegt het alsof ze het net uit mijn eigen mond heeft gehoord. 'En waar gaat dat verhaal over?'

Opnieuw zeg ik niets en ik kijk haar alleen maar aan.

'Jezus, wat kun jij toch vervelend zijn. Ik dacht dat wij vriendinnen waren en dan doe je zo geheimzinnig, maar die sukkel van een Van

Meren vertel je het wel.' Uitdagend zet Lucy haar handen in haar zij. Ze staat zo dichtbij dat ik de sproeten op haar neus kan tellen. Haar korte blonde haar lichtelijk in de war. *Hysterisch gedoe. Wie denkt ze wel niet dat ze is?*

Als de bel gaat haal ik opgelucht adem. Letterlijk gered door de bel.

'Ik moet naar scheikunde.' Nu ben ik degene die Lucy uitdagend aankijkt. 'En volgens mij moet jij naar Duits, toch?' Als blikken konden doden dan was ik nu in rook opgegaan. Ik zet me schrap voor nog een paar boze woorden, maar Lucy houdt zich in en draait zich om. Ze kijkt me nog één keer aan.

'Van je vrienden moet je het maar hebben. Ik wens je veel succes. Je zult het nodig hebben!' Gemaakt lachend pakt ze haar tas van de grond en loopt weg. Ymke blijft nog even staan.

'Dus je gaat meedoen? Stoer hoor.' Ze lacht even, maar haar ogen lachen niet mee. Ze kijken eerder gemeen en dreigend. Het geeft me een onrustig gevoel. Dan draait ook zij zich om en loopt de andere kant op. Ze heeft economie en het lokaal is op de eerste verdieping. Een beetje in de war kijk ik haar na. Blijkbaar weet iedereen al zeker dat ik meedoe, alleen weet ik het zelf nog niet.

Dan gaat de tweede bel. Ik begin te rennen. Mijn beslissing moet nog maar even wachten.

Hoofdstuk 3

Ik loop meteen naar boven als ik thuiskom. Mijn moeder is naar haar werk en mijn vader ook. Niet dat het veel uitmaakt, hoewel mijn moeder de laatste tijd wel weer af en toe een kopje thee met me wil drinken als ik uit school kom. Dat deed ze vroeger ook altijd. Nu benauwt het me een beetje. Ze doet het omdat het moet, niet omdat ze het zelf wil. *Vast een advies van haar psycholoog.* Vaak zitten we stil tegenover elkaar of hebben we een leeg gesprek over school. Soms heb ik het gevoel dat ze gewoon maar iets vraagt, en het antwoord niet eens hoort. Zeker als ze de vraag die ik net heb beantwoord een paar minuten later nog een keer stelt.

Eenmaal achter mijn computer begin ik meteen te typen. Ik hou ervan om met de hand te schrijven, maar om met de wedstrijd mee te doen moet ik het verhaal digitaal versturen. Terwijl ik het verhaal overtik, verwerk ik meteen de aantekeningen van mijn leraar. Ik heb inderdaad een paar grammaticale foutjes gemaakt. *Nobody's perfect.* In mijn hoofd hoor ik meteen de stem van zangeres Jesse J.

Neuriënd tik ik verder. Ik probeer eerlijk te kijken naar het verhaal en alle emoties buiten te sluiten. *Kill your darlings*, heb ik ooit eens in een boek gelezen. Dat betekent dat je soms iets moet schrappen wat je eigenlijk heel mooi vindt. Afscheid nemen van iets waar je veel om geeft. Ik ben er inmiddels een expert in geworden. Resoluut herschrijf ik een paar zinnen en schrap sommige delen met Finn en Milo. Te veel emo-gedoe. Ik moet dicht bij het verhaal blijven. Dicht bij mijn eigen gevoel.

Als ik klaar ben lees ik het verhaal nog eens goed door. Ik zie nog een paar tikfouten, maar zodra ik die heb hersteld ben ik klaar. Zonder verder na te denken open ik mijn browser en ga naar de website van Imagine!. Ik klik op Schrijf je nu in! en kom op een pagina waar ik allerlei gegevens moet invullen. Vragen over mijn leeftijd, school, hobby's, lengte, haarkleur, gezinssituatie en nog veel meer. Helemaal onderaan zit een knop waarmee ik mijn verhaal kan uploaden. Ik klik erop en kies het juiste bestand. Dan zweeft het pijltje van mijn muis boven de verzendknop. Ga ik meedoen of niet? Ik sluit mijn ogen en druk met mijn vinger op de muis. Bijna net zo snel open ik ze weer en hoop dat ik ernaast heb geklikt, maar het verhaal is al verzonden. Nu is er geen weg meer terug en kan ik alleen nog maar afwachten. Een hele maand, alsof het niets is. *In een maand kun je dood en begraven zijn.*

Terwijl ik naar mijn computer staar hoor ik een bekend bliepje. Er komt mail binnen. Het is een bericht van Imagine!.

> Dank je voor jouw deelname aan Imagine! Je inzending is goed ontvangen en zal worden beoordeeld door de vakjury. De namen van de schrijvers van de tien beste verhalen worden op 1 november bekendgemaakt. Heel veel succes!

Ik lees de mail opnieuw en opnieuw. Een standaardbericht, niets meer en niets minder. Ik begin steeds meer spijt te krijgen van mijn inzending. Ik had nooit mee moeten doen. Wat als ik wel doorga? Wat zeg ik dan tegen mijn moeder? En hoe zal ze reageren als ze het verhaal leest? Straks wordt ze weer helemaal depressief en dan is het mijn schuld!

In de verte hoor ik de deurbel. Blij met wat afleiding sta ik op en loop naar beneden. Door het glas zie ik Lucy staan. Verbaasd open ik de deur. Wat moet zij nu weer? Lucy komt nooit alleen langs.

'Hé, Ana. Ik was in de buurt en dacht: ik loop even langs.' Voor ik het goed en wel besef doet Lucy een pas naar voren, waardoor ik bijna automatisch een stap naar achteren doe en de deur verder openzwaait.

'Wat ben je aan het doen? Schrijven?' Zonder op een antwoord te wachten loopt Lucy verder de gang in en daarna de trap op. Ze is hier vaker geweest samen met Ymke en Roos, dus ze weet waar mijn kamer is. *Jammer genoeg.*

Vlug sluit ik de voordeur en loop achter haar aan, maar ze is zo snel dat ze al boven is voor ik de eerste treden op loop. Als ik ergens geen behoefte aan heb dan is het Lucy. Op school kan ik haar nog wel hebben, maar na schooltijd hoeft het voor mij echt niet.

Op het moment dat ik mijn kamer binnenstap zie ik meteen dat Lucy mijn mail zit te lezen.

'Lees je altijd andermans mail zonder te vragen?' Met mijn armen over elkaar sta ik in de deuropening en kijk fronsend naar Lucy, die het blijkbaar niets kan schelen.

'Mijn oog viel erop. Kun je ook moeilijk missen hè, met zo'n groot beeldscherm. Wordt het niet eens tijd voor een moderne laptop? Deze stamt volgens mij uit het jaar nul.' Lachend draait Lucy rond op mijn stoel.

'Hij werkt prima. En voor jou ook, zo te zien.' Zelfs nu ze betrapt is blijft Lucy naar de mail staren.

'Je doet dus mee. Ik had niet verwacht dat je het zou durven. Weet je het wel zeker?' Lucy's stem klinkt spottend, en uitdagend kijkt ze me aan. Langzaam bal ik mijn vuisten, maar ik hou me in. Opeens begrijp ik Roos en haar bijna agressieve gedrag tegenover Lucy een stuk beter.

'Lucy, wat is eigenlijk je probleem? Sinds de wedstrijd ter sprake is gekomen doe je al zo raar.' Ik zie dat mijn schrijfblok nog openligt en hoewel de geschreven pagina niet meteen te lezen is voor Lucy, loop ik er toch snel naartoe, pak het op en sla meteen mijn laptop dicht. Daarna leg ik het schrijfblok in de la van mijn nachtkastje, waar ik er nog een paar bewaar. Ik schuif het onder op de stapel.

Lucy geeft geen antwoord op mijn vraag en kijkt alleen maar toe terwijl ik bezig ben.

'Wat kom je nu eigenlijk doen? Mij doorzagen over het verhaal dat ik heb geschreven voor Imagine!? Als je daar meer over wilt weten, vergeet het dan maar. Ik heb zelfs Roos niet verteld waar het verhaal over gaat, waarom zou ik het jou dan wel vertellen?' Hoofdschuddend ga ik op de rand van mijn bed zitten. In mijn kamer is maar ruimte voor één stoel en daar zit Lucy op. Lucy woont in een megagroot grachtenhuis met wel vier verdiepingen. Midden in het centrum. Ze heeft de hele bovenste verdieping. Inclusief een eigen badkamer, een aparte studeerkamer en een klein keukentje. De eerste keer dat ik bij haar thuis kwam was ik zwaar onder de indruk. Inmiddels is die bewondering een stuk minder. Het huis is groot, maar ingericht als een museum. Zelfs de kamer van Lucy. Een groot hemelbed met enorme houten poten waarin allerlei vreemde figuren zijn uitgesneden, domineert de kamer. Net als de grote, donkere houten kast en het sierlijke bureau. Mooi, maar eigenlijk niets voor Lucy. Ook ziet ze haar ouders nauwelijks. Iedereen heeft zijn eigen etage. Gezellig. *Net of het hier thuis zo gezellig is!*

Aangezien Lucy geen aanstalten maakt om te vertrekken, besluit ik het over een andere boeg te gooien.

'Ik moet zo eten maken. Dat doe ik altijd op woensdag.' Maar Lucy lijkt niets te horen. Ze is duidelijk ergens anders met haar gedachten.

'Lucy?' Mijn stem klinkt vragend. 'Ik moet zo eten gaan maken. Zullen we morgen op school verder praten?' Om mijn woorden kracht bij te zetten sta ik op en loop naar de deur. Lucy lijkt de hint eindelijk te begrijpen en staat ook op.

'Zal ik je even helpen? Kunnen we nog even doorpraten. En ik heb trouwens tegen Ymke gezegd dat ik naar jou toe zou gaan en dat ze mij hier moet ophalen.'

Verbaasd staar ik haar aan. Waar slaat dat nou weer op? Wat moet Ymke hier? Als Roos hier was geweest, had ze korte metten gemaakt met Lucy's opdringerigheid en haar de deur uit gezet. Ik vind dat altijd een stuk moeilijker, dus ik haal knarsetandend mijn schouders op.

'Prima, dan blijf je hier. Maar we gaan wel naar beneden, want ik moet koken.' Samen lopen we naar de trap en daarna naar beneden. Eenmaal in de keuken gaat Lucy op een van de krukken zitten. *Ja joh, maak het je gemakkelijk.* Haar aanbod om te helpen is ze blijkbaar al vergeten.

'Heb je iets te drinken? Cola of zo?' Ik trek mijn wenkbrauwen op, maar hou me in. Uit de koelkast pak ik de fles cola en schenk een glas in.

'Hebben jullie geen Coca-Cola of desnoods Pepsi? Eigen merk cola is smerig!' Lucy kijkt er heel vies bij.

'Nee, dat hebben we niet. Maar als je het niet lust, geen probleem hoor. Drink ik het toch gewoon zelf op.' En ik neem demonstratief een grote slok en zet het glas vervolgens op het aanrecht.

'Glaasje water?'

Met samengeknepen ogen kijkt Lucy me aan. Ze lijkt een beetje op een valse kat. Ze had niet verwacht dat ik de cola zelf zou opdrinken, maar ze weet ook dat ze er eigenlijk niets van kan zeggen. Haar blauwe ogen fonkelen en haar wipneus lijkt nog meer omhoog te steken. 'Nee, laat maar.'

Ik haal mijn schouders op en begin met aardappels schillen, terwijl ik Lucy's blik in mijn rug voel branden.

'Hoe laat komt Ymke je ophalen?' Het idee dat ik straks met Lucy én Ymke zit, maakt me nog onrustiger dan ik al ben.

'Ik weet niet. Over een halfuurtje, denk ik. Ze moest eerst nog iets anders doen.'

'Iets anders?' Ik probeer het gesprek op gang te houden.

'Ja, ze wilde niet zeggen wat, maar ik denk dat het om een jongen gaat. Ze heeft iemand ontmoet. Volgens mij via Facebook.'

'Iemand ontmoet?' Terwijl de vraag in de lucht blijft zweven zie ik hoe Lucy plotseling opspringt.

'Ja, ene Tim of Tom. Ik weet het niet meer.' Ze kijkt me gejaagd aan. 'Sorry, ik heb mijn tas boven laten liggen. Die ga ik even halen. Straks vergeet ik hem nog.' En voor ik iets kan zeggen is Lucy de gang in gelopen en verdwenen.

'Wacht even, Lucy. Ik pak hem wel.' Maar ik hoor haar al de trap op rennen en mijn handen zijn smerig van het aardappels schillen, dus ik ga haar ook niet meteen achterna.

Het bevalt me niets dat Lucy in haar eentje naar boven is gegaan. Behalve Roos laat ik nooit iemand alleen in mijn kamer. Zelfs mijn ouders komen er nauwelijks. *Niet meer.* Onrustig schil ik verder, terwijl de minuten langzaam verstrijken. Waar blijft ze toch? Net als ik dan toch maar besluit om naar boven te lopen, hoor ik haar weer de trap af komen.

'Hé, ik ga ervandoor. Ymke stuurt net een sms'je dat haar afspraak uitloopt. Wat die afspraak dan ook mag zijn. Ik ga dus maar naar huis. Zie ik je morgen op school?'

Nog voor ik antwoord heb kunnen geven, heeft Lucy zich al omgedraaid. Tien seconden later slaat ze de voordeur achter zich dicht en sta ik enigszins overrompeld in de keuken. Ik begrijp nog steeds niet wat ze kwam doen en ik begrijp al helemaal niet wat haar obsessie met die wedstrijd is. Als ze zelf mee wil doen, dan doet ze dat toch gewoon? *Moet ze wel kunnen schrijven.*

Opnieuw voel ik kriebels in mijn buik. Het idee dat Lucy alleen in mijn kamer is geweest zit me niet lekker. Snel pak ik een handdoek en veeg al lopend mijn handen schoon. In gedachten zie ik mijn schrijfblok in mijn la. Ze zal toch niet?

Vlug trek ik de la open. Ik zie mijn schrijfblok onder de stapel andere schrijfblokken liggen. Ik heb me zorgen gemaakt om niets en opeens voel ik me schuldig. Met mijn knie duw ik de la weer dicht en loop naar beneden. Morgen zal ik proberen om wat aardiger tegen Lucy te zijn. Waar een beetje schuldgevoel al niet toe kan leiden. Dan ga ik verder met koken.

'Ik heb mijn verhaal ingezonden.' Zittend op een van de bankjes op het schoolplein schop ik zachtjes tegen mijn rugzak en kijk toe terwijl Roos iets aan het zoeken is in haar tas.

'Voor die schrijfwedstrijd, bedoel je? Goed man. Waar gaat het over?' Zonder op te kijken haalt ze wat boeken uit haar tas en legt ze op de bank. Even aarzel ik, maar dan besluit ik Roos te vertellen over het verhaal. Zonder me te onderbreken laat ze me uitpraten.

'Dus nu ben je bang dat je ouders boos worden?' Roos is blijkbaar vergeten waar ze naar zocht. Haar boeken liggen nog steeds op de bank en haar tas staat open op de grond.

Ik knik. 'Logisch toch? Wat als mijn moeder weer een inzinking krijgt? Straks is het mijn schuld.' Bij het idee alleen al schieten de tranen in mijn ogen.

'Joh, je maakt je veel te druk. Het zal allemaal best meevallen. Zo erg is dat verhaal toch niet?' Eigenlijk zou ik het Roos moeten laten lezen, maar daar ben ik nog niet aan toe, dus ik haal mijn schouders op.

'Dat is maar hoe je het bekijkt. Mam vindt het vast vreselijk dat ik over de situatie thuis heb geschreven. En dat voor Jan en alleman...'

Een tijdlang blijft het stil en staren we allebei naar twee duiven die op het schoolplein heen en weer lopen. Eentje heeft een half pootje. Ik blijf er gefascineerd naar kijken.

'Heb je het verhaal laten zien aan Van Meren?' Roos pakt een klein steentje van de grond en gooit het vlak voor de duif met het halve pootje. Hij fladdert even op. Een schijnbeweging. Maar bijna net zo snel landt hij voor het steentje en pikt ernaar.

'Gisteren heb ik het laten lezen. Hij vond het goed en zei dat ik mee moest doen.' Ik denk weer terug aan het gesprek met mijn leraar Nederlands. Sinds de brugklas heb ik al een bijzondere band met hem. Ook toen was hij mijn mentor. Na de moord op Daniël ging het een tijdlang heel slecht op school. Eigenlijk zou ik blijven zitten, ik had net een onvoldoende te veel. Dankzij René ging ik toch over. 'Gewoon je best doen, Ana, dan haal je het makkelijk.' En hij kreeg gelijk. Het jaar daarop stortte ik me volledig op school en ging ik inderdaad met gemak over naar de derde. Een prestatie die me opnieuw een schouderklopje opleverde. Van René dan; mijn ouders vonden het allemaal wel prima. Die waren te veel met zichzelf bezig. *En met Daniël.*

'Hij zei dat ik mijn leven niet moest laten leiden door de schaduw van Daniël. Wat hij daar dan ook mee bedoelt.' Zuchtend zak ik nog wat verder onderuit.

'Volgens mij bedoelt-ie dat je de dingen moet doen die jij wilt doen en niet de dingen die je denkt te moeten doen omdat je te veel rekening houdt met anderen. Zoals je moeder bijvoorbeeld.' Het is even stil, maar dan gaat Roos verder. Haar stem klinkt zo zacht dat ik het bijna niet kan horen. 'Daniël is dood, maar jij leeft nog steeds.' Ik voel mijn maag even een buiteling maken. Een paar maanden geleden zou ik woedend zijn geworden om zo'n opmerking. Zelfs als Roos die had gemaakt. *Ik leef inderdaad nog en als ik wat meer aandacht voor Daniël had gehad, dan had hij waarschijnlijk ook nog geleefd.*

Ik probeer die gedachte van me af te schudden. Dat is niet wat Roos bedoelt. Toch raak ik het gevoel niet helemaal kwijt.

'Daniël vroeg of ik met hem meeging naar de speeltuin. Ik zei dat ik geen tijd had, dat ik huiswerk moest maken. Als ik mee was gegaan...' Mijn ogen branden en ik voel hoe een traan weet te ontsnappen en over mijn wang naar beneden glijdt.

Roos pakt mijn hand en draait zich half naar me om. De invalide duif is vergeten.

'Waarom heb je mij dat nooit eerder verteld? Je weet toch wel dat het niet jouw schuld is? Dit had nooit mogen gebeuren. Die achterlijke Finn is de schuldige, niemand anders!' Roos' stem klinkt inmiddels een stuk harder en haar hand klemt zich om die van mij. Iets terugzeggen is onmogelijk. Mijn keel voelt dik en zit vol met ingehouden tranen.

'Hé, het komt wel goed, hoor.' Roos slaat haar arm om me heen en trekt me even tegen zich aan. Voorzichtig kijk ik om me heen. Gelukkig is er verder niemand op het schoolplein.

Terwijl de tranen over mijn wangen stromen probeer ik met mijn hand mijn neus af te vegen en doe ik mijn best om het huilen tegen te gaan. Sniffend druk ik mijn wang tegen de schouder van Roos. Achter mijn ogen voel ik een knetterende koppijn opkomen.

Als ik eindelijk ben gekalmeerd kijk ik op. Bij de deur van de kantine, aan de overkant van het schoolplein, staat Ymke. Ze staart naar Roos en mij. Snel veeg ik mijn gezicht af met de mouw van mijn vest. Hoe lang staat ze daar al? Ook Roos ziet Ymke staan en duwt een zakdoek in mijn hand. Waar ze die nou weer vandaan haalt mag Joost weten, maar met mijn hoofd gebogen snuit ik snel mijn neus. Ik probeer Ymke te negeren. Ik zou me niet zo'n zorgen moeten maken of ze mijn tranen ziet of niet, maar iets in haar houding en haar blik laat me niet los. Ze doet al een tijdje anders tegen me. Onvriendelijk, kortaf. Net als Lucy trouwens. Ik sta snel op. Ik heb geen zin om met haar te praten. Daarbij, Roos is een stuk beter in het ontwijken van lastige vragen.

'Ik ga even naar de wc. Zie je straks, oké? En Roos, bedankt.' Ik kijk nog een keer naar Ymke en steek even mijn hand op. Ik moet opschieten, ze is intussen bijna bij ons en haar blik voorspelt niet veel goeds. Snel draai ik me om en loop weg. Moeilijke vragen beantwoord ik straks wel.

Hoofdstuk 4

'Je zit erbij!' Roos gilt zo hard door de telefoon dat ik hem van schrik een stukje bij mijn oor vandaan hou. 'Je zit bij de laatste tien!' Nauwelijks wakker probeer ik haar woorden tot me door te laten dringen, terwijl ik wrijvend in mijn ogen op de wekker kijk. Het is kwart voor negen in de ochtend. Zaterdagochtend. Kreunend kom ik half overeind. Ik viel vannacht pas rond drie uur in slaap. Mijn ouders hadden weer eens ruzie en dit keer is mijn vader niet weggegaan. Nog een geluk dat de buren de politie niet hebben gebeld wegens geluidsoverlast, of erger: huiselijk geweld.

Ik probeer me weer op Roos te concentreren, die nog steeds aan het blèren is. Ik kan er nauwelijks een touw aan vastknopen. Waar zit ik bij? Het slaaptekort maakt nadenken lastig, maar dan dringt het tot me door. Imagine!! De wedstrijd! Vandaag maken ze bekend wie de tien beste verhalen hebben geschreven. De afgelopen maand is het behoorlijk druk geweest op school en de dagen zijn voorbijgevlogen.

'Ben ik door?' Even denk ik dat Roos me niet heeft verstaan door haar geschreeuw, maar dan roept ze: 'Jaaa! Je bent door! Ik zei het toch!'

Ik kan het nauwelijks geloven en snel stap ik mijn bed uit, terwijl Roos uitbundig in mijn oor blijft kletsen. Ongeduldig kijk ik naar mijn beeldscherm. Mijn computer start weer eens verschrikkelijk traag op en even moet ik aan Lucy's opmerking over mijn te oude laptop denken. Net voordat ik knarsetandend moet toegeven dat Lucy misschien wel gelijk heeft, is mijn computer klaar met opstarten. Snel open ik Chrome en ga naar de website, terwijl Roos in mijn oor blijft tetteren. De uitslag is niet te missen. Groot in beeld staan tien namen, met mijn naam helemaal bovenaan. Het zweet breekt me uit en ik kijk nog eens naar het lijstje. Ana Bootsma (14 jaar). Het staat er echt! Ik voel mijn hart een slag extra maken. Het dringt maar langzaam tot me door.

Terwijl ik op mijn bureaustoel ga zitten lees ik de andere namen. Thomas Verduik, Nicole Brinkman, Lucy Kool... Verbaasd kijk ik naar de naam.

'Lucy doet ook mee.' Abrupt houdt Roos haar mond.

'Wat?'

'Lucy doet ook mee.' Het blijft stil aan de andere kant. Ik hoor haar lopen, waarschijnlijk naar haar computer. Roos heeft me natuurlijk meteen gebeld nadat ze mijn naam las, zonder verder te lezen en te kijken wie er nog meer door zijn.

'Verdomd, je hebt gelijk. Lucy doet ook mee. En ze is nog door ook.' Daarna is het opnieuw stil. En Roos is niet snel stil, maar nu wel. Hoewel dat niet lang duurt.

'Wat een stiekeme bitch.' Het komt recht uit haar hart. 'Ze heeft helemaal niets gezegd. Geen woord! Nu begrijp ik dat achterlijke gedoe van haar over het meedoen aan de wedstrijd. Of eigenlijk begrijp ik het nog steeds niet. Ik wist niet eens dat ze kan schrijven. Had ze niet laatst een onvoldoende voor dat opstel voor Nederlands?'

Ik begrijp er ook niets van. Lucy heeft helemaal niets met schrijven.

Dat weet ik bijna honderd procent zeker. Ze is goed in overschrijven, maar zelf iets verzinnen, nee, dat kan ze echt niet. Vorig jaar moesten we een kort verhaal schrijven tijdens de Nederlandse les. Ik zat naast Lucy. Ze bleef maar papier verscheuren en uiteindelijk stond er niks op papier. Aan de andere kant: hoe goed ken ik Lucy nou eigenlijk? En opnieuw voel ik die vreemde kriebel in mijn buik. Lucy is altijd zo gefixeerd op mij en hoewel we buiten school nauwelijks contact hebben, heeft ze zich de afgelopen maanden steeds meer in mijn leven proberen te mengen. Vooral via WhatsApp valt ze me soms behoorlijk lastig. En de laatste tijd is ze alleen maar onaardiger geworden. *Net als Ymke.* Opnieuw denk ik terug aan die les waarin we dat verhaal moesten schrijven.

'Ik haat verhalen schrijven,' had Lucy zuchtend verkondigd. De reden dat ik het niet vergeten ben is dat ik me er zo over verbaasde. Omdat ik zelf zo dol ben op schrijven, begreep ik haar frustratie helemaal niet.

'Nou ja, maak je niet druk, Ana. Ik kan me niet voorstellen dat ze het tot de finale volhoudt.' Roos probeert me gerust te stellen, maar mij maakt het helemaal niet uit of ik win of niet. Eigenlijk maakt het me ook helemaal niet uit of Lucy wel of niet meedoet. Het is vreemd, maar ik ga me er niet druk om maken. Ik realiseer me nogmaals dat ik door ben en ik kijk opnieuw naar het computerscherm.

'Roos, ik bel je straks terug.' Dan hang ik op.

Onder elke naam staat een link, met daarvoor de woorden: Lees het verhaal hier. Ik klik op het 'hier' onder Lucy's naam en er verschijnt een nieuw scherm. Snel begin ik te lezen. Het is best goed geschreven, maar ik herken de stijl niet als die van Lucy. Niet dat ik veel verhalen van haar heb gelezen, maar toch. En dan het onderwerp. Daklozen. Sinds wanneer is Lucy sociaal betrokken? Ik lees de laatste alinea nog eens door, dan sluit ik de pagina. Het blijft raar, maar al te veel tijd wil ik er niet aan besteden. Ik wil mijn eigen verhaal zien. Vlug klik ik op de link en zie de woorden verschijnen. Iedereen kan dit nu lezen. Daar komt zeker publiciteit van. De moord op Daniël en daarna de moorden op school hebben maandenlang het nieuws gedomineerd. Nooit hebben mijn ouders een interview afgegeven. Niet zoals de moeder van Milo, het vriendje van de moordenaar van mijn broertje. Ik zag het interview pas maanden later. Op YouTube, maar na een paar minuten heb ik het weggeklikt. Ik kon er niet naar kijken. En nog steeds niet. Hoewel er geen bewijs tegen Milo is gevonden, is en blijft hij voor mij net zo schuldig. En dan te bedenken dat ik ooit medelijden met hem had omdat hij altijd werd gepest.

Mijn ouders hebben nooit gesproken met de pers en dat geldt ook voor mij. Die keer dat mijn moeder mij hysterisch door elkaar schudde nadat ik een paar vragen op straat had beantwoord, maakte indruk. Ze bleef maar roepen dat ik nooit met de pers over mijn broertje mocht praten. Dat dat privé was, niet voor buitenstaanders. Weken daarna had ik nog blauwe plekken op mijn bovenarmen, zo stevig had ze me vastgegrepen. En nu, ondanks die wetenschap, heb ik mijn verhaal de wereld in gestuurd. Nu weet iedereen hoe het ons is vergaan. Hoe het met mijn moeder en mijn vader gaat. Niet echt een vrolijk verhaal. Míjn verhaal. Niet het verhaal dat mijn moeder het liefst laat zien aan de buitenwereld.

Zuchtend sla ik mijn laptop dicht. Ik heb mezelf behoorlijk in de nesten gewerkt, dat is iets wat zeker is. Ik kan maar één ding doen. Zo snel mogelijk met mijn moeder praten. Ik kan het niet langer uitstellen. Het is een kwestie van tijd voordat ze er op een of andere manier achter komt. Ik zie er enorm tegen op, maar het is niet anders.

En wat als ze je verbieden om nog langer mee te doen? Ik wil er niet aan denken en pak een joggingpak uit de kast. Mijn moeder haat dat ding, geen goed idee dus. Het heeft geen zin om haar vóór het gesprek al op stang te jagen. Met veel tegenzin trek ik een rok aan. Gekocht door mijn moeder. De bloes die ik erbij aandoe is netjes genoeg voor haar en niet zo overdreven dat ik me er ongemakkelijk in voel. Tevreden strijk ik mijn rok glad en loop naar beneden.

Als ik de trap af kom hoor ik mijn moeder al in de keuken rommelen. Ze maakt veel lawaai. Geïrriteerd lawaai. Het heeft waarschijnlijk helemaal geen zin om nu met haar te gaan praten. Zo te horen heeft ze wel wat anders aan haar hoofd, ze is duidelijk boos. Wat de reden ook is, het is niet het moment om haar over de wedstrijd te vertellen, en over het verhaal dat ik heb ingezonden en dat nu voor iedereen te lezen is. 'De dag dat alles anders werd'. Een inside story over hoe het écht gaat met de familie Bootsma. Met een knoop in mijn maag loop ik de keuken in. Ik haal diep adem en probeer te glimlachen.

'Goeiemorgen, mam. Heb je nog een beetje kunnen slapen?' Mijn moeder kijkt me even aan. Een kille blik, vol irritatie en opgekropte boosheid. Onbewust krimp ik ineen. Ik ken die blik. Als mijn moeder zo kijkt kan ze ieder moment ontploffen. Soms is de reden duidelijk en zelfs terecht, andere keren gaat het om iets kleins, wat slechts de druppel is. Het heeft me zelfs wel eens een pak slaag opgeleverd.

'Ik heb prima geslapen, en jij? Hoe staat het met jouw nachtrust de laatste tijd? Slaap je goed?' Mijn moeders stem klinkt scherp. Het geeft de vragen een bepaalde lading. Bijna spottend, met veel boosheid. Gespannen hou ik mijn mond en staar naar de grond.

'Nou, ga je nog antwoord geven? Ik zou bijna denken dat je verlegen bent. Maar volgens mij heb je niet zo veel problemen met het spuien van je gevoelens.' Mijn mond voelt opeens kurkdroog. Er is geen twijfel mogelijk. Mijn moeder is boos en dit keer niet op mijn vader.

Ze weet het! Ze weet van de wedstrijd! Het nieuws is sneller gegaan dan ik dacht. Hoe is ze erachter gekomen? Heeft Roos' moeder gebeld? Ik kan het me niet voorstellen. Roos zou haar moeder zeker hebben tegengehouden. In het ergste geval zou ze haar hebben gezegd dat ik het nog niet aan mijn ouders had verteld en dat een telefoontje dus geen goed idee was. Dat ik stiekem mee heb gedaan. *En de vuile was buiten heb gehangen.* Ik haal diep adem. Misschien is het iets anders. Ik weet hoe ze is.

'Er is vanmorgen voor je gebeld. Een journalist.' Ik kan mijn hart horen bonken. 'Of je commentaar wilt geven op je deelname aan een of andere schrijfwedstrijd.' Mams stem klinkt zacht, maar ik weet uit ervaring dat hoe zachter haar stem, hoe bozer ze is.

'Wanneer was je van plan om ons hierover te vertellen?' Mijn moeder wacht mijn antwoord niet af. 'Je weet hoe ik denk over publiciteit.'

'Daniël is al twee jaar dood, mam.' Op het moment dat ik de woorden uitspreek weet ik dat ik een fout heb gemaakt. De aderen in haar nek beginnen op te zwellen. Ze doen me denken aan de spataderen van tante Paula.

'Ál twee jaar dood? Je doet net of dat zo lang is. Je broertje is nóg maar net twee jaar dood. Niet ál!' Die laatste woorden schreeuwt ze bijna. Ik bijt hard op mijn lip. Zo hard dat ik de tranen in mijn ogen voel springen. Tegelijkertijd verspreidt zich een ijzerachtige smaak in mijn mond.

'En dan het verhaal dat je hebt ingezonden? Had je nou niet voor één keer rekening met een ander kunnen houden?'

Terwijl mijn moeder compleet over de rooie gaat, kan ik niet geloven dat alles zo misloopt. Ik weet dat het allemaal mijn eigen schuld is, natuurlijk had ik het veel eerder moeten vertellen. Maar voor spijt is het nu te laat. Mijn moeder is bozer dan ik haar ooit heb gezien.

In mijn ooghoek zie ik mijn vader verschijnen. Hij loopt nog in zijn pyjama. Het is duidelijk dat we hem wakker hebben gemaakt, of beter gezegd, dat mijn moeder hem wakker heeft gemaakt. Ík heb nauwelijks de kans gekregen om iets te zeggen.

'Wat is hier aan de hand?' Verbaasd kijkt mijn vader afwisselend naar mijn moeder en mij.

'Marianne? Wat is er aan de hand? Waarom schreeuw je zo?' Mijn vader kijkt opnieuw naar mijn moeder, hopend op een antwoord. Mijn moeder schudt haar hoofd. Dan wijst ze naar mij.

'Je dochter hier vond het blijkbaar nodig om onze vuile was buiten te hangen. Ze doet mee met een landelijke schrijfwedstrijd. Een die nu extra aandacht van de pers krijgt… Ana heeft namelijk een verhaal ingestuurd. Een autobiografisch verhaal. Ja, je hoort het goed, autobiografisch. Als in 'laten we onze ellende eens voor iedereen te kijk zetten'! Mocht je geïnteresseerd zijn: het staat nog open op de computer. Weet je meteen hoe onze dochter over ons denkt.' Mijn moeder haalt even diep adem. 'Een journalist van *De Nieuwe Nederlandse Courant* was zo vriendelijk om mij vanmorgen om tien over negen hiervan op de hoogte te stellen. Je kunt je wel voorstellen hoe raar het overkwam dat ik niet eens wist waar die man het over had! Uitgerekend *De Nieuwe Nederlandse Courant*! Die waren twee jaar geleden het ergst!'

Totaal overstuur begint mijn moeder te snikken.

'Ik wil dit niet, Eric. Je moet er onmiddellijk een eind aan maken. Ik wil geen camera's in ons gezin. Niet weer. Het is allemaal al erg genoeg.' Mijn moeders ogen vullen zich met tranen en haar stem breekt. Ik krijg medelijden met haar. Vroeger was alles anders, het is de situatie die haar heeft veranderd in wie ze nu is. Finn heeft veel meer slachtoffers gemaakt dan alleen degenen die nu onder de grond liggen. De mensen die achter zijn gebleven zijn er in veel opzichten slechter aan toe. Misschien had ik toch niet mee moeten doen. Een diep gevoel van spijt verspreidt zich door mijn lichaam. Het verlamt me bijna.

Pap loopt in een paar grote stappen door de keuken en pakt mijn moeder vast. Troostend trekt hij haar tegen zich aan. Vergeten zijn alle ruzies. Eerst probeert ze zich los te maken, maar dan zie ik hoe ze zich aan mijn vader vastklampt en harder begint te snikken. Dat hij nog in zijn pyjama loopt lijkt haar dit keer niet te ergeren. Ongemakkelijk sta ik erbij te kijken. Ik weet niet wat ik moet doen, maar ik ben duidelijk te veel. Misschien is het beter dat ik even uit de buurt blijf, dus ik sluip zachtjes de keuken uit. Ik kijk nog één keer om. Mijn vader streelt mijn moeders korte haar. Afgeknipt na de dood van Daniël. Het ziet er liefdevol uit en het is beter dan al het geruzie van de afgelopen dagen, maar toch maakt het me verdrietig. Ik wil geen dagen meer waarop alles anders wordt. Ik wil gewone dagen. Saai, zonder vreselijke gebeurtenissen. Ik wil dat alles weer is zoals het hoort te zijn.

Ik word wakker door de kou. Even weet ik niet waar ik ben, maar dat duurt maar een fractie van een seconde, dan herinner ik me weer de ruzie van vanmorgen. Mijn moeder had niet veel erger kunnen reageren. Natuurlijk overdrijft ze. Het is maar een schrijfwedstrijd. Ik kan me niet voorstellen dat dit lang aandacht zal trekken. Een klein stukje in de krant, meer zal het niet zijn. Maar voor mam is dat al te veel.

Voorzichtig ga ik overeind zitten en ik wrijf over mijn armen. Ik ben in slaap gevallen, ondanks alle emoties. Of misschien wel dankzij.

Rillend trek ik de deken om me heen. Op mijn wekker zie ik dat het tien over half twaalf is. Ik heb meer dan een uur geslapen. Het verbaast me dat het zo stil is in huis. Wat een verschil met vanmorgen. Blijkbaar heeft mijn vader mijn moeder kunnen kalmeren. Ik laat de deken van mijn schouders glijden en stap uit bed. Mijn laptop staat nog steeds open. Opnieuw ga ik erachter zitten. Misschien moet ik de organisatie maar een mail sturen dat ik niet meer meedoe. Ik klik op het icoontje van mijn mailprogramma. Mijn inbox zit aardig vol. Uiteraard de gebruikelijke spam en Facebookmeldingen, hoewel er dit keer wel heel veel Facebookberichtjes zijn binnengekomen. Ik maak een aantekening in mijn hoofd dat ik zo ook even mijn Facebookpagina moet checken. Verder zijn het voornamelijk felicitaties van klasgenoten, een paar mails van Roos en zelfs een mailtje van mijn leraar Nederlands.

Zuchtend begin ik mijn spam te selecteren en te deleten. Dan valt mijn oog op een mailtje van de Imagine!-organisatie. In mijn haast had ik het voor spam aangezien en bijna weggegooid. *Misschien maar beter ook.* Ik negeer het stemmetje in mijn hoofd en open de mail.

Beste Ana,
Van harte gefeliciteerd. Jouw verhaal is uitgekozen als een van de tien beste verhalen die zijn ingezonden voor de schrijfwedstrijd Imagine!. Van de ruim 350 inzenders ben jij dus door naar de volgende ronde. Een heel knappe prestatie, waar je best trots op mag zijn!

Wat gaat er de komende tijd gebeuren?
Over precies twee weken word je verwacht in de Westergasfabriek in Amsterdam. Daar ontvangt de vakjury je en ga je samen met de andere negen kandidaten de hele dag een workshop volgen. Je zult je medekandidaten leren

kennen, veel leren over schrijven en natuurlijk werken aan de opdracht die je morgen ontvangt.

Hoe werkt het?

Elke maand krijgen alle kandidaten een nieuwe schrijfopdracht, waarna je drie weken de tijd krijgt om deze opdracht uit te werken. Elke maand vindt er een workshop plaats en elke maand zullen er kandidaten afvallen.

Hoe weet ik wat ik moet doen?

Alle spelregels en data ontvang je morgen bij de schrijfopdracht.

Tot slot!

Mocht je vragen hebben, nu of later in de wedstrijd, aarzel dan niet om contact met ons op te nemen...

De rest van de e-mail bevat contactgegevens, namen en het adres waar we ons over twee weken moeten melden. Ik klik de mail weg en sluit mijn computer. Misschien dat ik vandaag maar beter naar Roos kan gaan.

Het is haar gelukt. Dat secreet is door naar de volgende ronde van die belachelijke schrijfwedstrijd. Ongelooflijk. Wie had dat kunnen denken?

Wat is dat toch met haar? Waarschijnlijk komt het gewoon omdat iedereen haar zielig vindt. Arme, zielige Ana. Het gaat niet om haar schrijfstijl, mensen willen gewoon alles weten over dat vermoorde broertje van haar. Jammer dat die Finn Ana ook niet meteen heeft omgelegd, dan had ik nu geen last meer van haar gehad. Soms kan ik het ook allemaal best begrijpen. Als ik een pistool had, dan zou ik Ana het liefst ook een kogel door haar kop jagen. Of in elk geval flink pijn willen doen.

Boos kijk ik weer naar mijn computer. Zo succesvol. Nog wel, maar als het aan mij ligt komt daar snel verandering in. Ik heb alles al in gang gezet, nu is het gewoon een kwestie van tijd en geduld. In gedachten zie ik allerlei gruwelijke beelden, met Ana in de hoofdrol. Ik probeer ze weg te duwen. Dat is plan B. Ik probeer eerst plan A. En als dat niet lukt, dan is er altijd nog plan B. Niet zo gunstig voor Ana, maar goed, daar gaat het nu eens een keer niet om. Tenslotte kan ik haar ook niets schelen.

Deze wedstrijd komt me zó goed uit. Het is de perfecte manier om wraak te nemen. Ana eens te laten voelen hoe het is om in de problemen te raken. Grijnzend klik ik de webpagina weg. Het is tijd om wat te gaan doen.

Hoofdstuk 5

Als ik via de achterdeur binnenkom en de keuken door loop, zie ik mijn vader aan tafel zitten. Hij leest de krant. Hij kijkt op en geeft me een knipoog. Ik hoop dat het iets positiefs betekent.

Ik ben gisteravond bij Roos blijven slapen. Ik had mijn vader een sms'je gestuurd en vrijwel meteen kwam er een berichtje terug dat het goed was en dat ik me geen zorgen hoefde te maken. Niet dat zijn berichtje geholpen heeft. Ik weet dat mijn moeders uitbarsting mijn schuld is, daar verandert zo'n sms'je niets aan.

Vanmorgen heb ik op mijn mobiel nog even snel mijn mail gecheckt. De mail met de opdracht en het document met de spelregels en belangrijke data zat in mijn inbox. De opdracht: Schrijf een kort verhaal van maximaal 500 woorden met als thema 'oorlog'. Tijdens de workshop over twee weken wordt er samen met een schrijfcoach gekeken wat je al hebt geschreven en kun je eventuele problemen bespreken.

Geen gemakkelijk onderwerp. Het is dus wel belangrijk dat ik meteen ga beginnen. Maar eerst moet ik met mijn moeder praten. Hoezeer ik er ook tegen opzie, daar ontkom ik echt niet aan. Voorzichtig loop ik de kamer in.

'Je moeder is boven. Ik heb gisteren lang met haar gepraat. Ze begrijpt dat je haar niet hebt willen kwetsen.' Mijn vader vouwt de krant dicht en staat op. 'Je had ons eigenlijk moeten vertellen dat je met zoiets mee wilde doen, maar ik begrijp ook dat dat niet zo makkelijk is. Met ons praten, bedoel ik.' Hij draait zich om en staart uit het raam. 'Ik heb je verhaal gelezen. Het is goed.' Mijn vaders stem klinkt raar. Beverig. Hij blijft uit het raam staren.

'Ga maar naar boven, mama verwacht je al.' Ik zie hoe mijn vader met zijn hand over zijn gezicht wrijft. Zijn rug licht gebogen. Hij ziet er eenzaam uit. Een schaduw van de vader die Daniël en mij meenam naar het strand. Het waaide en de golven hadden witte schuimkoppen. Daniël vond het geweldig en rende op zijn laarzen door de branding heen en weer. Zijn halflange haar wapperend in de wind, stampend met zijn voeten. Complete vrijheid. Onbevangen. We wisten niet wat er vijf maanden later zou gebeuren. Het was een perfecte dag. Zorgeloos. Vrolijk. En mijn vader was sterk, zo sterk dat hij Daniël de hele terugweg op zijn schouders droeg. Hij leek toen een stuk groter dan nu.

Ik zet mijn rugzak op de grond en trek mijn jas uit. Dan loop ik naar de trap. Ik hoop dat mijn vader gelijk heeft, dat mijn moeder inderdaad is gekalmeerd en niet meer boos. Maar helemaal gerust ben ik niet. Mijn moeder reageert niet zoals normale mensen. Dit soort momenten eindigen meestal in hysterische huilbuien en slaappillen. Volgens de psycholoog hoort het bij het rouwproces.

Voor de slaapkamerdeur van mijn ouders blijf ik staan. Ik haal een paar keer diep adem en klop dan aan.

'Ja?' Voorzichtig open ik de deur. Mijn moeder zit tegen een paar kussens aan op bed. Er ligt een fotoalbum op haar schoot. Ik hoef niet te kijken om te weten welk album het is. Het is namelijk altijd hetzelfde:

het fotoalbum van onze laatste vakantie met het hele gezin. Slechts twee maanden voor Daniëls dood. Skiën in Noord-Italië. Daniël was gek op sneeuw en hij deed dat jaar voor het eerst mee in een skiklasje voor vier- tot zesjarigen. Het jaar daarvoor had mijn moeder hem nog te jong gevonden, maar die laatste vakantie vond ze het wel goed en Daniël genoot ervan. Het plezier straalt nog steeds van de foto's af. Het is zo pijnlijk dat ik niet begrijp dat mijn moeder steeds weer dat album pakt. Alsof ze die pijn expres wil voelen. Met mij praat ze nergens over, maar die foto's bekijkt ze keer op keer. Echt snappen doe ik dat niet.

'Hoi mam.' Ik stap naar binnen, maar laat de deur op een kier staan. 'Pap zei dat je boven was.' Mijn moeder kijkt me aan, maar zegt niets. Mijn mond voelt kurkdroog. Ongemakkelijk verplaats ik mijn gewicht van mijn ene been naar het andere en ik probeer de kriebels in mijn buik te onderdrukken.

'Ik heb met je vader gesproken over die schrijfwedstrijd. Als je daar zo graag aan mee wilt doen, dan moet dat maar. Ik verwacht wel dat je rekening houdt met je vader en mij.' Mijn moeders woorden dringen langzaam tot me door. Ik mag meedoen! En ondanks het schuldgevoel slaat mijn hart over. Ik moet me inhouden om niet te juichen. En ik hou me in. Dit is niet de tijd en niet de plaats. *Blijf rustig. Gedraag je chill.*

'Dank je, mam.' Ik sta op het punt om me om te draaien en de slaapkamer te verlaten als mijn moeder nog iets zegt.

'Ana. Ik vind het goed dat je aan die wedstrijd meedoet, maar je hebt me wel heel erg teleurgesteld. Ik had zoiets niet van jou verwacht.' Mijn buik krimpt samen. Ik weet niet wat ik moet zeggen en durf ook niet weg te lopen.

'Het spijt me.' De woorden zweven nietszeggend door de kamer, want ondanks het schuldgevoel heb ik niet echt spijt. Of in elk geval niet genoeg.

Ergens voel ik nog steeds het jubelende gevoel van zonet. Ik mag meedoen met de wedstrijd! Eindelijk ga ik eens iets spannends meemaken. Iets wat niets te maken heeft met Daniël. *Op het eerste verhaal na dan.*

Mijn moeder lijkt dwars door me heen te kijken.

'We zien wel hoe het gaat.' Ze wuift met haar hand in de richting van de deur. 'Ik ga even liggen. Ik ben moe.'

Ik knik, mijn moeder is vaak moe. Ik vertrek naar mijn kamer en ben blij dat het gesprek achter de rug is. Ergens weet ik wel dat het laatste woord hierover nog niet gezegd is, maar ik mag in elk geval meedoen. De rest is van later zorg en snel ren ik naar boven. Ik heb zin om aan de opdracht te werken.

'Ana, telefoon!' Mijn vaders stem buldert door het trapgat omhoog. Met tegenzin leg ik mijn pen neer en sta ik op van mijn stoel. Het schrijven is nog niet zo makkelijk. Eigenlijk zou ik aan mijn huiswerk Engels moeten werken, maar dat kan later ook nog wel, ik wil eerst een idee krijgen wat voor verhaal ik over het onderwerp 'oorlog' kan gaan schrijven.

'Wie is het?' Mijn moeder heeft een hekel aan geschreeuw van boven naar beneden en andersom, maar mijn vader en ik maken ons er allebei dikwijls schuldig aan. Tot grote ergernis van mam.

'Iemand van *De Nieuwe Nederlandse Courant*. Het gaat over die wedstrijd waar je aan meedoet.' Mijn vader houdt zijn hand voor het spreekgedeelte van de telefoon, tot hij hem aan mij geeft.

'Met Ana Bootsma.' Ik probeer zo ontspannen mogelijk te klinken. Alsof het compleet normaal is dat ik word gebeld door de redactie van een krant.

'Hoi Ana, met Sabine de Groot van *De Nieuwe Nederlandse Courant*. Ik bel je omdat je meedoet met de schrijfwedstrijd Imagine! en ik je wat vragen wil stellen daarover, en over het verhaal zelf. Voor de camera natuurlijk.' De laatste zin rolt er bijna onhoorbaar achteraan. Vragen die ik moet beantwoorden terwijl een camera mij filmt. Vragen over mijn verhaal, dus over Daniël. Vragen en antwoorden die straks weer overal te lezen zullen zijn. *Hoeveel mensen lezen* De Nieuwe Nederlandse Courant *eigenlijk?* Ikzelf blader hem meestal alleen even door. Maar mijn vader leest hem altijd helemaal. Ik niet, ik vind veel onderwerpen ook niet interessant. Vooral niet het financiële nieuws. Nikkei-index, Dow Jones: lekker belangrijk allemaal.

'Hallo? Ben je er nog, Ana?' zegt de journalist.

'Ja, sorry, ik ben er nog. Wat willen jullie dan precies weten?'

De vrouw die Sabine heet laat het allemaal heel makkelijk klinken, en voor ik het weet hebben we voor de volgende dag tijdens de lunchpauze bij school afgesproken. Eigenlijk wilde ze liever vandaag nog bij mij thuis komen, maar dat is onmogelijk. Mijn moeder heeft niets over praten met de pers gezegd, maar haar waarschuwing om rekening te houden met haar en pap is voldoende. Een journalist over de vloer valt beslist binnen die waarschuwing. Geen twijfel mogelijk.

De rest van de dag probeer ik verder te werken aan mijn verhaal. Maar als ik uiteindelijk ga slapen staat er behalve veel gekras vrij weinig op papier.

Als ik 's ochtends wakker word, ben ik blij dat het maandag is. Het weekend was niet bepaald gezellig, en terwijl ik voor de spiegel mijn tanden sta te poetsen moet ik er bijna om lachen. Blij om naar school te gaan: de wonderen zijn de wereld nog niet uit. Ik spoel mijn mond, borstel mijn haar en haast me naar beneden. Ik kan niet wachten om te vertrekken.

In de keuken ligt een briefje naast mijn lunchtrommel.

Goeiemorgen, Ana. Mama slaapt nog even uit en ik heb een vroege afspraak op kantoor. Ik heb alvast je brood gesmeerd. Fijne dag op school. Kus, papa.

Ik prop het briefje in mijn broekzak en duw de broodtrommel en het blikje cola in mijn rugzak. Beter zo. Geen moeilijk gedoe. Een probleemloos begin van de dag.

Eenmaal op school zet ik mijn fiets in het fietsenhok en loop het schoolgebouw in. Het lijkt wel een bijenkorf. Lawaaierig en druk. Ik manoeuvreer me anoniem tussen allerlei groepjes leerlingen door. Van achteren sluiten opeens twee handen zich om mijn ogen. Ik duw ze weg en draai me om.

'Roos!' Lachend stoot ik met mijn schouder tegen haar aan. Net als ik iets tegen haar wil zeggen, trekt er iemand hard aan mijn haar. Fronsend draai ik me om en ik kijk recht in het gezicht van een van mijn klasgenoten: Mike. Achter hem staat Sabrina, zijn vriendin, verveeld op haar kauwgom te kauwen en knopjes op haar mobiel in te drukken.

'Gefeliciteerd. Ik zie net op Facebook dat je meedoet aan een schrijfwedstrijd. Leuk!' Hij steekt zijn duim op en tikt nog even op mijn schouder, om vervolgens weg te lopen met Sabrina. Ik kijk naar haar hakken. Die lijken me bijzonder oncomfortabel. Roos komt naast me staan.

'De wonderen zijn de wereld nog niet uit. Mike die iets tegen mij zegt.' Ik kijk Roos aan. 'En wat zei hij nou precies over Facebook? Staat er iets op Facebook?'

Roos kijkt me breed lachend aan. 'Simon, je weet wel, die gozer uit 5-vwo, die de social media van school beheert.' Ze kijkt me aan alsof ik inderdaad weet over wie ze het heeft, en dan gaat ze verder: 'Nou, die heb ik een mail gestuurd toen de uitslag bekend was en toen heeft hij dus meteen een stukje op de Facebookpagina van school gezet. Met een link naar je verhaal en de website, zodat iedereen het meteen kan lezen.'

Verbijsterd kijk ik Roos aan. Die schudt haar hoofd en maakt een sissend geluid. 'Hallo! Heb je gisteren dan helemaal niet meer op de website van Imagine! gekeken? Of je eigen Facebookpagina?' Zuchtend gaat ze verder. 'Sinds gisteren hebben alle kandidaten een persoonlijke pagina gekregen. Jij ook. Daarop kun je zien hoeveel keer je verhaal gelezen is. Straks kun je daar ook de uitslagen zien en hoeveel procent van de stemmen elke opdracht heeft gekregen.'

Door al dat gedoe thuis heb ik gisteren helemaal niet meer op de website gekeken. Maar in het document met alle regels en spelregels had ik inderdaad wel iets gezien over een persoonlijke pagina. Die hebben ze gemaakt met de antwoorden op het inschrijfformulier. Blijkbaar zijn die persoonlijke pagina's inmiddels online en kan iedereen dus alles over me lezen. *Zal mam leuk vinden.*

Langzaam lopen we naar de klas. De lessen beginnen zo. Bij binnenkomst steken een paar klasgenoten hun hand op. Ik zie Lucy bij haar tafel staan en kijk haar even aan.

'Nou, daar heb je miss Ik-doe-alles-achter-jullie-rug-om. Tijd om eens even met haar te praten.' Roos wil net naar voren stappen als ik haar bij haar arm pak.

'Laat maar zitten, joh. Dat ga je toch nooit winnen. We weten inmiddels wel hoe ze is. Toch?' Ik kijk Roos dwingend aan. 'Gewoon geen aandacht aan schenken. Dat vindt ze veel erger.' En ik glimlach naar Lucy en steek mijn duim op. Ik kan aan haar zien dat ze het niet helemaal begrijpt. Maar Roos begrijpt het gelukkig wel en gaat met opgetrokken neus zitten.

'Vooruit dan maar,' moppert ze en drukdoende pakt ze haar boeken uit haar tas en gooit ze op de tafel.

Gelukkig komt op dat moment de lerares binnen zodat de les van start kan gaan. Ik kijk nog een keer naar Lucy en zie haar praten met Ymke. Af en toe werpen ze een blik in mijn richting, om vervolgens weer fluisterend hun gesprek te vervolgen.

Dan vraagt de lerares of iedereen stil wil zijn, zodat we kunnen beginnen. Prima. Even geen Lucy, Ymke of wie dan ook. In de pauze zie ik wel weer verder.

'Denk je nog veel aan je broertje?' In de verte rijdt een auto. Rood. Rotkleur. Wat moet ik antwoorden op zo'n vraag? Het is duidelijk dat Lucy geen flauw benul heeft hoe het voelt om iemand te verliezen. Weggerukt van het ene op het andere moment. *Dat kan zo in een rouwadvertentie.*

'Zullen we het ergens anders over hebben?' Roos kijkt geïrriteerd in Lucy's richting, die zonder blikken of blozen terugstaart. Roos heeft dan verder wel niets gezegd over Lucy's stiekeme deelname en rare gedrag, maar het is duidelijk dat ze het er niet mee eens is.

'Waarom dan? Ze kan er toch ook over schrijven?' Met een diepe frons in haar voorhoofd kijkt Lucy naar Roos.

'Weet je, Lucy, soms denk ik wel eens dat je niet helemaal van deze wereld bent. Zoals dat stiekeme meedoen aan Imagine!. Waarom heb je daar niets over gezegd?' Boos kijkt Roos Lucy aan. Dan richt ze zich tot Ymke. 'En jij dan? Wist jij dat Lucy ook mee zou doen?' Ymke houdt haar mond en blijft rustig op het bankje zitten. *Miss IJskonijn*. Roos draait zich weer naar Lucy en vervolgt haar tirade. 'Ik begrijp jou niet hoor, Lucy. Je doet alsof je een vriendin bent en ondertussen lijkt het wel alsof je het fijn vindt om problemen te veroorzaken en mensen te kwetsen. Kom op, Ana, dan gaan we een patatje halen. Het stinkt hier.' En voor ik iets kan zeggen is Roos opgestaan van het bankje en trekt ze me mee aan mijn arm.

Ik heb geen zin om tegen te stribbelen. Want ook ik begrijp niets van Lucy. Eerst haar deelname aan de wedstrijd en nu dat gezeur over Daniël. En waarom? Het lijkt inderdaad wel of ze het fijn vindt om me pijn te doen, de trut. Ja, ik heb over Daniël geschreven, maar dat betekent nog niet dat ik haar een verklaring schuldig ben en over hem moet praten omdat zij dat wil. Ik bepaal zelf wel met wie ik het over mijn broertje wil hebben. En één ding is zeker: dat is niet Lucy.

Zonder iets te zeggen loop ik naast Roos in de richting van de snackbar tegenover school. Gezond is het niet, maar een paar keer per week gaan we hier een patatje halen. De ene keer betaalt Roos, de andere keer ik en dan delen we.

'Ik begrijp Lucy niet. Waarom gaan we sowieso nog met haar om? Ze doet al een tijdje raar. Zeker nu!'

Ik zie dat Roos moeite moet doen om haar boosheid onder controle te houden en met een schuine blik kijk ik opzij. 'Heb jij Lucy ooit wél begrepen dan? Volgens mij heb je haar nooit gemogen, al voordat ze zich stiekem inschreef voor die wedstrijd.' Ik kan ondanks Lucy's gedrag een glimlach maar moeilijk onderdrukken. Het is geen geheim dat Roos Lucy liever niet dan wel ziet. Ze accepteert haar omdat ze het nichtje van Ymke is, maar als het aan haar lag, had ze Lucy allang een schop onder haar kont gegeven.

'Misschien. Het is dat ze Ymkes nichtje is, maar ik zeg je, Ana, er is iets mis met die griet. Ze zit vol wrok en jaloezie. Net als dat schrijven. Plotseling is ze helemaal gefocust op jou. Jij doet mee met Imagine! en opeens wil Lucy ook zonodig meedoen. Ik vertrouw het niet. En dan dat verháál dat ze heeft geschreven... Sinds wanneer heeft Lucy iets met dakloze mensen? Sinds wanneer heeft Lucy überhaupt iets met mensen zonder geld of status?'

Zwijgend lopen we verder. Roos heeft wel een beetje gelijk. Ook ik heb mijn twijfels bij het verhaal van Lucy, en zelfs René fronste zijn wenkbrauwen toen ze haar verhaal over een dakloze man met wie ze een middag had doorgebracht voorlas. Iets in dat verhaal deed me trouwens ergens aan denken...

En dan Ymke. Roos heeft het steeds over Lucy, maar Ymke gedraagt zich net zo raar. Wist ze dat Lucy zou meedoen? En zo ja, waarom heeft ze dan niets gezegd?

'Hoe gaat het met schrijven?' Roos doorbreekt mijn gedachten en ik haal mijn schouders op.

'Gaat wel. We moeten een kort verhaal schrijven met als thema 'oorlog'. Hoe verzinnen ze het?'

'En?'

'Ach, het is gewoon lastig. Thuis gaat het weer minder. Mijn schuld natuurlijk. Ik had nooit over Daniël moeten schrijven. Sommige dingen kun je beter laten rusten...'

'Wat een onzin. Het is helemaal niet jouw schuld! En wegstoppen is sowieso geen slim idee. Ja, het is moeilijk voor je moeder, maar het is ook moeilijk voor jou!' Roos duwt even met haar arm tegen me aan. Het is bijna een stomp, als het niet zo aardig was bedoeld. Ik moet er een beetje om lachen. Roos heeft helemaal niets met knuffelen, maar door deze stomp laat ze me toch weten dat ze er voor me is en met me meevoelt. Al die emoties zijn niets voor haar. Bij haar thuis is het allemaal heel anders. Gezellig, warm, leuke ouders... Afgelopen zaterdagavond was het ook superleuk. Roos' moeder feliciteerde me met mijn verhaal en tijdens het eten werd er ontspannen over van alles gesproken. School, de wedstrijd – zelfs Lucy kwam nog even ter sprake.

Toch verdwijnt mijn schuldgevoel niet helemaal. Mijn moeder heeft het niet met zoveel woorden gezegd, maar na ons gesprek van vanmorgen weet ik dat ze mijn verhaal over Daniël nog steeds afkeurt. Sommige dingen deel je niet met de wereld, en dit is er een van. Wat betreft haar dan. Misschien had ik dat moeten zien aankomen. Misschien had ik moeten weten dat het nog te vroeg is om over Daniël te praten of te schrijven, maar ik kon het niet helpen. Ik móést dat verhaal schrijven, en nu, nu doe ik mee aan een schrijfwedstrijd en moet ik een verhaal over oorlog schrijven, terwijl de belangrijkste oorlog in mijn hoofd wordt gevoerd. *Welles, nietes, welles, nietes. Schuldig, onschuldig, schuldig, onschuldig, schuldig...*

'Hé, ben je er nog een beetje bij?' Enigszins verward kijk ik Roos aan. Zonder het te beseffen ben ik samen met haar de snackbar in gelopen en we staan intussen voor de kassa om iets te bestellen.

'Ja, natuurlijk. Hier heb je geld.' Gehaast zoek ik in mijn rugzak naar mijn portemonnee.

Roos begint te lachen. 'Je bent er dus duidelijk niet bij. Ik heb geen geld nodig, jij hebt de vorige keer betaald, suffie. Ik vroeg of je een patatje speciaal of een patatje oorlog wil. Dat laatste brengt je misschien nog op ideeën voor je verhaal.' Met een vette knipoog kijkt Roos me aan.

Ze maakt me aan het lachen. Tja, dat kan natuurlijk ook altijd nog: een verhaal over een patatje oorlog. Alles beter dan die trieste dingen in mijn hoofd. Oorlog in mijn hoofd en oorlog op mijn friet. *Hoe toepasselijk*. Nu alleen nog oorlog op papier en dan komt het vanzelf goed.

Hoofdstuk 6

Gisteren had ik mijn interview met de journaliste van *De Nieuwe Nederlandse Courant*. Uiteraard was Lucy ook in de buurt, en ze vertelde de interviewster meteen dat zij ook meedeed met de wedstrijd en door was naar de volgende ronde. Ze kreeg haar zin. Ook haar werden een paar vragen gesteld, maar de meeste vragen waren helaas voor mij en ze gingen natuurlijk over mijn verhaal, en dan met name over Daniël en zijn dood twee jaar geleden. Misschien had mijn moeder dan toch een beetje gelijk.

’s Middags heb ik het aan mijn ouders verteld, met de mededeling dat het de volgende dag al in de krant zou komen. In de bijlage Mens & Maatschappij. Mijn moeder zei weinig en mijn vader knikte me even kort toe.

‘Ik ben benieuwd.’ Meer zei hij niet. Daarna kroop hij weer achter zijn laptop.

Als ik de dag daarna thuiskom ligt de krant al opengeslagen op de eettafel en mijn moeder zit met een zuinig gezicht op de bank. Mijn vader is vandaag voor de verandering een keer vroeg thuis en loopt net met zijn kopje naar de keuken.

Links onder aan pagina acht zie ik het interview staan. Ik trek een van de stoelen naar achteren, ga aan tafel zitten en begin te lezen.

Na maanden van oproepjes via social media en in de bekende jongerenbladen zijn afgelopen zaterdag de namen bekendgemaakt van de tien inzenders die door de jury van Imagine! zijn geselecteerd voor de volgende ronde. De schrijfwedstijd is nog maar net begonnen, maar krijgt nu al enorm veel belangstelling. Niet in de laatste plaats door Ana Bootsma, die grote indruk heeft gemaakt met haar verhaal over haar broertje Daniël, dat twee jaar geleden werd omgebracht door Finn K. Hij doodde kort daarna nog drie jongeren en een leraar op het Drieluik College.

De jonge schrijvers moesten een autobiografisch verhaal schrijven van maximaal 1000 woorden met als titel: De dag dat alles anders werd.

Terwijl ik verder lees draai ik zenuwachtig een lok haar om mijn vinger. Een irritante gewoonte die ik maar niet kan afleren. Af en toe zijn er wat quotes van Lucy, maar zoals verwacht gaat het stuk grotendeels over mijn verhaal en dan met name over Daniël, de situatie thuis en hoe deze gebeurtenis van invloed is geweest op mijn schrijven. Vragen die ik zo voorzichtig mogelijk heb beantwoord.

Hoe hebben je ouders gereageerd op je verhaal?

Nu ik mijn antwoord op papier terugzie, voel ik weer de kriebels in mijn buik. Snel lees ik verder.

De ouders van Ana vinden al die extra aandacht natuurlijk moeilijk. Oude wonden worden opengereten, voor zover ze al waren geheeld. Maar desondanks zijn ze erg trots op hun dochter.

Ik geloof het bijna zelf, zo echt lijken de woorden op papier. Ongemakkelijk schuif ik heen en weer op mijn stoel. Het interview is best redelijk geworden, hopelijk denken mijn ouders daar ook zo over.

'Nou, hoe vind je het stuk?' Mijn vader staat achter me met een kop hete koffie in zijn hand. Zijn stem doorbreekt de stilte, maar daar is dan ook alles mee gezegd. Toch kijk ik hem dankbaar aan.

'Best goed,' zeg ik aarzelend.

'Het is maar wat je verstaat onder goed.' Mijn moeders toon is scherp en met haar armen over elkaar kijkt ze mijn vader aan. Daarna richt ze haar aandacht op mij.

'Was het nou echt nodig om over thuis te praten? Zie je nou wat ervan komt als je zo'n verhaal schrijft?' Haar stem klinkt hard. Nog net niet boos. Eerder verontwaardigd en teleurgesteld.

Mijn vader probeert de boel te sussen. 'Nou, Marianne. Het valt toch best mee? Ik vind het wel een goed interview.' Ook zijn stem klinkt nu wat scherper en ik zak iets verder onderuit op mijn stoel.

'Het valt helemaal niet mee! Het is precies zoals ik had verwacht. Heb je nou je zin, Ana? Dit is toch wat je wilt? Alle aandacht?' Om haar woorden kracht bij te zetten is ze opgestaan. Mijn buik voelt alsof er een rode ballon in zit die langzaam wordt opgeblazen. Groter en groter. Ik staar naar de tafel. Hoezo wil ik aandacht? *Ik krijg al jaren geen aandacht meer.*

'Wanneer leer je nou een keer dat het leven niet alleen om jou draait? We kunnen niet de hele tijd met jou bezig zijn.' Haar woorden komen keihard aan en ik kijk snel op. Opgewonden loopt mijn moeder naar de andere kant van de kamer. *Hou je mond, niets zeggen. Dat is het beste!* Maar het heeft geen zin. De rode ballon in mijn buik is nu al zo groot, en met elk woord van mijn moeder groeit hij meer en meer.

'Marianne, ik vind echt dat je overdrijft. Ana heeft support nodig en jij blijft maar ruzie zoeken. Ik begrijp dat het allemaal moeilijk is, zeker gezien de situatie met Daniël, maar...'

Mijn vader krijgt niet eens de kans om uit te praten. Tijdens een ruzie gelden de beleefdheidsregels even niet. Ik luister naar de verwijten die over en weer vliegen en indirect voor mij zijn bedoeld. Mijn hart gaat steeds sneller kloppen en op mijn bovenlip en voorhoofd voel ik zweetdruppeltjes opkomen. Dan, precies op het moment dat mijn moeder opnieuw naar mij wijst en ik haar opnieuw hoor zeggen dat ik alleen maar aandacht wil, knapt de rode ballon in mijn buik. Met een grote sprong vlieg ik overeind.

'Hoezo aandacht? Ik krijg hier al jaren geen aandacht meer! Jullie zijn alleen maar bezig met elkaar en met Daniël. Daniël is dood! Morsdood! En hij komt nooit meer terug!' Gillend sta ik tegenover mijn moeder, die in één klap stil is geworden. Hijgend kijk ik haar aan. Tranen stromen over mijn wangen, maar het kan me allemaal niets meer schelen.

'Jullie zien me helemaal niet meer staan! En vooral jij, mam. Jij bent het ergste. Je bent alleen maar met jezelf bezig. Pap en ik doen er niet meer toe. Je kan niet eens blij voor me zijn! Het is een wonder dat je nog weet hoe ik heet.' Ergens besef ik dat ik te ver ga, maar jaren van opgekropte boosheid komen er nu uit. Ik kan niet meer stoppen.

'Alle aandacht gaat naar Daniël. Arme, zielige Daniël, en ondertussen besta ik niet meer voor jou. Wat ik ook doe, je ziet het niet eens. Verdomme, je weet niet eens hoe het met me gaat en waar ik me mee bezighoud. Volgens mij moet ik eerst worden vermoord voor je mij gaat missen!'

De woorden komen keihard aan en ik schrik er zelf van. Mijn moeder slaat haar hand voor haar mond en ik zie tranen in haar ogen springen.

Meteen voel ik me schuldig. Ik weet dat ik veel te ver gegaan ben. Zeker met die laatste opmerking. Gefrustreerd kijk ik naar haar, dan draai ik me om en ren naar de gang. Ik gris mijn jas van de kapstok, pak mijn rugzak van de grond en gooi hem over mijn schouder.

'Ana, wacht even!' Maar ik negeer mijn vader en ren naar buiten. Gelukkig staat mijn fiets niet op slot, zodat ik snel weg kan rijden. Achter me hoor ik mijn vader nog een keer roepen, maar ik kijk niet meer om. Wat mij betreft kunnen ze allemaal barsten. Ik ben er klaar mee!

Een paar straten verder rij ik de stoep op en knijp in de remmen. Buiten adem kijk ik om me heen. Terug naar huis is geen optie, maar wat moet ik dan? Ik haal mijn mobiel uit mijn broekzak. Nog maar kwart over zeven. Even denk ik erover om naar Roos te gaan, maar ik heb geen zin om haar ouders en twee zusjes in deze toestand onder ogen te komen. Ik kijk nogmaals op mijn telefoon en zie dat ik drie gemiste oproepen heb. Het is het nummer van mijn vader. Hij zal wel ongerust zijn. *Net goed!*

Mijn zware rugzak met schoolboeken hangt nog steeds over mijn schouders. Ik heb de tas in een reflex meegenomen, maar was vergeten dat al mijn boeken er nog in zitten. Dan krijg ik een idee. De bibliotheek! Die is op dinsdagavond altijd tot negen uur open!

Terwijl ik weer op de fiets stap toets ik het nummer van Roos in. Misschien wil ze ook wel naar de bibliotheek komen. Snel vertel ik haar wat er gebeurd is. Ik begin weer te huilen. Een beetje opgelaten kijk ik om me heen of iemand me ziet. Maar het is stil op straat. Iedereen is thuis en zit te eten of televisie te kijken. *Gezellig met het gezin.* Even denk ik vanuit mijn ooghoek iemand te zien. Een stukje achter me, maar als ik omkijk is de schim verdwenen. Ik heb me vast vergist.

Roos en ik spreken af dat we elkaar op de eerste verdieping van het enorme gebouw zullen zien. Achterin, bij de grote tafel. Enigszins opgelucht trap ik door, terwijl ik niet aan de ruzie probeer te denken. Ik kijk nog een keer om. Ik heb het gevoel dat iemand me in de gaten houdt, maar er is echt niets te zien, dus rij ik snel verder.

'Dus je hebt je moeder eindelijk eens gezegd wat je ervan vindt?' Roos zit naast me en kijkt me bezorgd aan.

Ik knik. 'Ik ben veel te ver gegaan. Ik zei tegen haar dat ik zeker eerst vermoord moet worden voor ze mij gaat missen.' Opnieuw voel ik het schuldgevoel opborrelen. Natuurlijk had ik dat nooit tegen mijn moeder moeten zeggen, maar ik was zo boos. Ik dacht niet na en voor ik het goed en wel besefte waren de woorden eruit en kon ik ze niet meer terugnemen.

'Misschien is het wel goed dat je je hart een keer hebt gelucht. Zo kan het toch ook niet langer? Dat moet je moeder ook een keer inzien. Het is echt niet normaal hoor dat ze nooit eens blij voor je kan zijn, of je kan steunen. Misschien is dit de manier…' Maar ik zie aan haar gezicht dat ze twijfelt.

'Lukt het wel een beetje met schrijven? Kun je iets met het onderwerp? Misschien moet je een paar boeken over oorlog lenen. We zijn nu toch in de bibliotheek.'

Voor me op de tafel ligt mijn schrijfblok. Tijdens het wachten op Roos heb ik wat proberen te schrijven. Zonder succes. De ruzie neemt al mijn aandacht in beslag. Ook een vorm van oorlog.

'Het is lastig. Niet alleen het onderwerp. Ik twijfel ook over de tijd waarin ik het wil gaan schrijven. Wat denk jij, Roos. Kan ik beter in de tegenwoordige tijd schrijven of toch maar weer in de verleden tijd?'

Het is een lastig probleem. Schrijven in de verleden tijd vind ik een stuk makkelijker, maar schrijven in de tegenwoordige tijd is een stuk directer. Moet ik een risico nemen of op safe spelen? Voor Roos is het duidelijk, als het aan haar ligt kies ik voor het eerste, maar Roos hoeft het verhaal niet te schrijven, en het onderwerp is al lastig genoeg. Wat moet ik in godsnaam schrijven over oorlog?

Op de achtergrond hoor ik een paar jongens lachen en dan klinkt er een harde klap. Alsof ze met boeken gooien. Verbaasd draai ik me om, maar ik zie niets bijzonders.

Ik kijk Roos weer aan. 'Weet je het zeker? Volgens mij kan ik beter niet te veel risico's nemen. Het is best een lastige opdracht.'

Maar eigenlijk weet ik het antwoord al. Roos houdt van afwisseling, nieuwe dingen en alles wat niet saai en eentonig is. *Alles wat ik niet ben.* Nou ja, ik zie wel. Ik buig me weer over het schrijfblok, terwijl Roos door haar telefoon aan het scrollen is.

'Wil je vanavond bij mij blijven slapen? Dat is geen probleem hoor, moet ik het alleen even aan mijn moeder vragen.' Terwijl ze de vraag stelt typt Roos ondertussen druk op haar mobiel. *Multitasken.*

Roos bedoelt het goed en het liefst ga ik met haar mee, maar ik ben er zeker van dat mijn ouders daar anders over denken. Daarbij liggen mijn schoolboeken voor morgen nog thuis en ik heb geen zin in een aantekening.

'Ik ga wel naar huis. Ik heb mijn boeken voor morgen niet bij me.' Zuchtend streep ik weer een paar regels door. Het is bijna negen uur. De bibliotheek gaat zo sluiten. Ik stop mijn spullen terug in de rugzak.

Voor de bibliotheek nemen Roos en ik afscheid. Vlak voordat ze op haar fiets stapt, kijkt ze me nog een keer indringend aan. 'Hé, joh. Maak je nou niet te veel zorgen. Het komt heus wel goed. En anders ga ik wel eens even met je ouders praten. Dat gezeur moet nu maar eens afgelopen zijn.' Ze grijnst erbij en ondanks al mijn zorgen moet ik toch een beetje lachen.

Roos is altijd strijdvaardig en de eerste die voor mij in de bres springt, hoewel ik haar nog niet zo snel met mijn moeder zie praten. Zelfs Roos is een beetje bang voor haar, hoewel ze dat nooit zal toegeven. Eerlijk gezegd moet ik er ook niet aan denken dat zij dit onderwerp met mijn moeder gaat bespreken. Ik heb al genoeg problemen.

'Waarom ga je morgenmiddag niet mee naar kickboksen? Ik heb om vijf uur les. Hoef je lekker niet naar huis en als je sportkleding meeneemt, kun je gratis een keer meedoen. Is goed voor je. Even lekker alles van je af slaan en schoppen. Werkt perfect, hoor!'

Ze wacht mijn antwoord niet af en stapt op haar fiets. Dan steekt ze haar hand op en trapt haar pedaal stevig naar beneden. Terwijl ze wegrijdt roept ze nog over haar schouder: 'Tot morgen!'

Ik steek mijn hand op en blijf nog even staan, dan stap ook ik op mijn fiets. Tergend langzaam rij ik naar huis. Op weg naar het slagveld. Hopelijk is de rust intussen teruggekeerd en kan ik zonder problemen naar bed. Ik ben moe.

Elke keer als ik die trut zie schrijven in haar schrift, krijg ik de neiging om over te geven, of erger, om dat ding van haar af te pakken en te verscheuren. Niet dat dat kan. Ze weet niet dat ik haar observeer. Al sinds ze jankend haar huis uit stormde hou ik haar in de gaten.

Voorzichtig ben ik haar gevolgd naar de bibliotheek, zonder dat ze ook maar iets doorhad. Eén keer keek ze om, maar ze was tegelijkertijd aan het bellen. Niet een heel goeie combi. Voor de zekerheid ben ik toen maar een parallelweg in geschoten. Lastiger om te volgen, maar gelukkig kon ik haar toch goed in de gaten houden.

Ze is inmiddels niet meer alleen. Een kwartiertje na haar aankomst kwam die roodharige trut, waar ze nu mee aan een tafel zit. Miss Ik-weet-alles-beter. Af en toe hoor ik ze tegen elkaar praten. Eerst ging het over een ruzie. Goed kon ik het niet verstaan, maar blijkbaar was er iets met haar moeder en dat dooie broertje. Iets om later uit te zoeken. Alle informatie kan tenslotte van pas komen.

Voorzichtig stap ik iets dichterbij, terwijl ik achter de boekenkast blijf staan en met mijn vinger over de boeken glij. Zo lijkt het net alsof ik daadwerkelijk een boek zoek.

'Wat denk jij, Roos. Kan ik beter in de tegenwoordige tijd schrijven of toch maar weer in de verleden tijd?'

Mij kan het niets schelen, maar dat kan ik haar natuurlijk niet vertellen en terwijl ik een boek uit de kast trek, luister ik verder naar het gesprek.

'Ik zou iets doen wat je nog niet eerder hebt gedaan. Neem een risico, dat is eng, maar je moet je onderscheiden. Toch?'

Met een klap laat ik het boek uit mijn handen vallen. Ana kijkt om, maar door de grote boekenkast kan ze mij niet zien. Op haar gezicht een verbaasde uitdrukking. Zou ze het doorhebben? Om zo stil mogelijk te zijn hou ik mijn adem in. Maar dan draait ze zich gelukkig om en concentreert zich weer op het gesprek.

'Weet je het zeker? Volgens mij kan ik beter niet te veel risico's nemen. Het is best een lastige opdracht.'

Nonchalant haalt Roos haar schouders op. 'Ik weet alleen maar hoe ik het zou aanpakken. Maar je moet natuurlijk doen waar je je zelf het beste bij voelt. Extra risico's nemen als het onderwerp al moeilijk is, is misschien inderdaad niet zo verstandig.'

Voorzichtig zet ik het boek terug. Ik ben blij dat ze moeite heeft met de opdracht. Ze is waarschijnlijk niet meer dan een eendagsvlieg. Iemand die alleen maar vanwege het zielige onderwerp van haar korte verhaal de eerste ronde door is gekomen. Iedereen herinnert zich nog de moord op dat broertje van haar. Goed schrijven speelt daar geen rol in. Net als die BN'ers die opeens allemaal een boek schrijven. Zonder hun kop op televisie zou niemand die onzin willen lezen.

Vanuit mijn ooghoek zie ik een paar jongetjes van een jaar of twaalf gein trappen. Een van hen geeft iets onder de leestafel door. Waarschijnlijk sigaretten. Losers.

Door de boeken heen zie ik hoe Ana's lange bruine haar over de tafel hangt en een groot deel van haar gezicht en rechterarm bedekt. Af en toe steekt ze haar pen in haar mond. Lekker smerig. Trut.

Ik draai me om, in mijn zak zoemt mijn mobiel. Ik heb genoeg gezien. Terwijl ik wegloop, haal ik mijn telefoon tevoorschijn. Er zijn meerdere berichten binnengekomen en vluchtig lees ik ze door. Ik kijk nog een keer om. Tussen de boekenkasten door zie ik de twee vriendinnen aan de tafel zitten. Ana in haar blauwe truitje, Roos met haar rode krullen en grote bek. Ik bal mijn vuisten en duw de nagels in mijn handpalmen. Geduld. Dat is alles wat ik nodig heb. Niets meer dan geduld. Mijn tijd komt nog wel.

Hoofdstuk 7

'Ana, schiet nou op. Lucy en haar vader zijn er al.' Mijn moeders stem klinkt ongeduldig. *Stresskip.*

Snel pak ik mijn rugzak met kleding. Omkleden doe ik daar wel. Mijn moeder is veel te ouderwets. Ze ziet mij het liefst in kleren die zij vroeger droeg. Straks is vroeg genoeg. Lucy's vader brengt ons weg en mijn vader haalt ons aan het eind van de middag weer op.

De afgelopen week hebben mijn moeder en ik elkaar voornamelijk vermeden. We hebben niet meer gesproken over de ruzie en wat ik tegen haar zei. Toen ik na mijn bezoek aan de bibliotheek thuiskwam, waren mijn ouders al in hun slaapkamer. En hoewel mijn vader nog even zijn hoofd om de deur stak, zei hij er gelukkig ook niets meer over. Ook de volgende dag kwam niemand er meer op terug en na een dag van zwijgen deed mijn moeder weer 'normaal'.

Vluchtig kijk ik nog een keer in de spiegel. Mijn lange, bruine haar heb ik glad proberen te föhnen. Niet dat dat veel zin heeft; meestal springen de krullen er na een uurtje alweer in. Ik lijk op mijn vader wat dat betreft. Die had vroeger net zo'n donkere bos krullen. *En bedankt, pap.*

Met twee treden tegelijk ren ik de trap af, om zo snel mogelijk beneden te zijn. Bijna struikel ik over de vuile kleren die ik gisteravond op de trap gelegd heb, maar behendig spring ik eroverheen. Mijn moeder lijkt mijn acrobatiek niet op te merken en staat al klaar met mijn jas.

'Ik heb geen jas nodig.' Afwijzend probeer ik de uitgestoken jas te ontwijken.

'Niet zeuren, je trekt die jas aan of je gaat helemaal niet weg.'

Met een zucht en rollende ogen pak ik het ding en trek hem aan. Ze negeert het. Gelukkig maar. Het is beter om niet met mijn moeder in discussie te gaan over dit soort dingen. Dat is een verloren strijd.

Ik kijk uit naar de workshop van vandaag. Ik zou er niet aan moeten denken om vandaag de hele dag thuis te zijn. Mijn spullen heb ik gisteravond al ingepakt. Even glij ik met mijn vingers over mijn rugzak, daarna pak ik het handvat en gooi hem over mijn schouder.

Mijn moeder heeft de voordeur open laten staan en snel loop ik achter haar aan naar de BMW, waar Lucy al ongeduldig naast staat te wachten. Lucy's vader zit nog in de auto en steekt zijn hand op. Die is een stuk kalmer dan zijn dochter, zo te zien.

'Wat duurt het toch lang. We kunnen niet te laat komen, hoor!' Lucy kijkt me verwijtend aan. *Nog zo'n stresskip.*

Maar ik trek me er niets van aan. 'Geen zorgen, we redden het makkelijk.' Geruststellend lach ik Lucy toe. Voor mij hadden we niet samen hoeven te gaan, maar ja, er zit niets anders op. Volgens Lucy tenminste. Wat mij betreft had het niet zo nodig gehoeven en eerlijk gezegd begrijp ik niet goed waarom zij dit wel wil. We praten nauwelijks nog tegen elkaar en ik probeer haar en Ymke zo veel mogelijk te vermijden. Alles beter dan die rotopmerkingen en dat achterlijke gedrag.

'Heb je alles bij je? We hebben geen tijd om terug te rijden.' Lucy kijkt me gespannen aan.

Met een gemaakte glimlach draai ik me half om en laat mijn rugzak zien. Eindelijk lukt het haar om ook te lachen en ze loopt om de auto heen en doet de achterklep open. 'Leg hier maar in.' Daarna stapt ze voorin.

Met een zucht geef ik mijn moeder een kus en ik leg mijn rugzak in de achterbak. Waar ben ik in hemelsnaam aan begonnen? Dan loop ik naar het achterportier en stap in. Op weg naar Amsterdam.

Natuurlijk zijn we ruim op tijd en Lucy's vader zet ons keurig voor het terrein van de Westergasfabriek af. Na binnenkomst worden we ontvangen door een meisje met een zwart T-shirt. Ze ziet er stoer uit en kijkt ons vriendelijk aan.

'Hé, meiden. Komen jullie voor de workshop van Imagine!?'

'Ja, klopt. Lucy Kool en Ana Bootsma.' Lucy spreekt zoals gewoonlijk voor ons allebei.

'Super.' Daarna kijkt ze mij onderzoekend aan. 'Wil jij eigenlijk wel meedoen?' Ze lacht er een beetje bij. Waarschijnlijk leest ze de twijfel van mijn gezicht.

'Ja, natuurlijk.' Ik voel hoe mijn gezicht begint te gloeien. Indringend kijkt Lucy mijn kant op.

'Je kan je nog terugtrekken als je dat wilt, hoor. Ze hebben vast wel iemand die jouw plaats kan innemen. Degene die nummer 11 is geworden, bijvoorbeeld.' Verbaasd kijk ik haar aan. Hoe komt ze daar nu weer bij? Het is maar goed dat Roos er niet bij is, die zou korte metten met haar hebben gemaakt.

Het meisje zoekt echter onverstoorbaar in een doosje met badges. Met een grote glimlach op haar gezicht draait ze zich weer om. 'Hier heb ik die van jou. Deze moet je altijd bij je dragen.'

Ze draait zich opnieuw om en pakt Lucy's badge. 'Niet vergeten hoor, zonder badge kun je de ruimte waar jullie de workshop hebben niet meer in.'

Misschien maar beter ook. Ik lach geruststellend en ook Lucy grijnst.

'Maak je geen zorgen. Komt helemaal in orde.' En bijna synchroon draaien we ons om. Nu alleen nog even afwachten hoe de rest van de deelnemers zijn. Hopelijk valt het mee en wordt het een leuke dag. Even voel ik de kriebels in mijn buik opborrelen. Uit 350 inzendingen zijn tien kandidaten gekozen. De tien beste korte verhalen. En nu begint het pas. Elke maand zullen er deelnemers afvallen. Het lijkt wel of mijn maag een driedubbele salto maakt. *Zal ik stiekem naar huis gaan?* Stomme zenuwen. Niks van aantrekken. Straks merk ik daar niets meer van. Hoop ik.

'Welkom allemaal. Mijn naam is Raymond de Heer, jullie mogen me Raymond noemen. Ik run samen met een partner het belangrijkste literaire agentschap van Nederland. Tijdens deze wedstrijd zal ik jullie verhalen beoordelen samen met nog twee juryleden, die jullie straks zullen ontmoeten, maar eerst vertel ik in het kort wat er de komende maanden van jullie wordt verwacht. Natuurlijk staat dat ook in de spelregels die jullie twee weken geleden met de opdracht hebben ontvangen, maar het kan geen kwaad het nog eens door te lopen.' Hij draait zich half om naar het scherm achter hem en bedient met zijn andere hand de laptop die op de tafel staat.

'Op het scherm kun je het schema zien voor de komende maanden. Aan het begin van elke maand krijgen jullie een opdracht. Net als twee weken geleden. Daar werken jullie twee weken aan, waarna we op zaterdag bij elkaar komen, net als vandaag. In de week na de workshop moeten jullie het verhaal met de aanwijzingen en adviezen die jullie hebben gekregen, afmaken en insturen, en dan heeft het publiek een week de tijd om te stemmen via de website en zal de vakjury ook zijn stem uitbrengen. De uitslag wordt steeds precies een week na het insturen bekendgemaakt op de website. De stemmen van het publiek gelden voor vijftig procent en die van de vakjury eveneens. In totaal moeten er vier opdrachten worden geschreven en zullen er ook vier workshopzaterdagen plaatsvinden. De verkiezing van de winnaar uit de overgebleven drie kandidaten vindt plaats in het Felix Meritisgebouw in Amsterdam.'

De literair agent wijst nog een keer naar het schema. Ik denk aan de finale. Zal ik erbij zijn in het Felix Meritis? Ik ken het gebouw niet, maar het klinkt duur en belangrijk. Een plek voor mensen die succesvol zijn.

'Begrijpt iedereen het tot nu toe?' Nieuwsgierig kijkt hij de ruimte rond. Iedereen zit her en der verspreid aan tafeltjes die lukraak lijken te zijn neergezet. Niemand zegt iets, een paar knikken instemmend.

'Oké, mooi zo. Laten we dan maar beginnen met een korte voorstelronde.' Onderzoekend kijkt Raymond om zich heen.

Ik zie hoe Lucy naast me haar rug recht. Haar 'ik wil aandacht'-houding. Heel anders dan de houding die ze aanneemt als haar op school tijdens de les een vraag wordt gesteld. Ik hoop dat het niet werkt en onder tafel kruis ik mijn vingers. Waarom wil ze toch altijd in de belangstelling staan?

'Laten we bij jullie beginnen. Stel je maar even voor.' Raymond kijkt ons vriendelijk aan. Best een leuke vent voor iemand van zijn leeftijd.

‘Ik ben Lucy en dit is mijn vriendin Ana.’ Ad rem steekt Lucy haar hand uit. De kriebels in mijn buik nemen toe. Wat als Lucy iets stoms zegt? Wat als ik iets stoms zeg? Nerveus kijk ik om me heen. Iedereen kijkt naar ons.

Ik voel hoe mijn wangen langzaam gaan gloeien. Als ik nu maar niet knalrood word, maar als ik naar Lucy kijk weet ik het antwoord al. Ik zie er vast uit als een tomaat.

‘Mijn vriendin is een beetje verlegen, zoals jullie kunnen zien, maar straks niet meer, hoor. Als we eenmaal door zijn naar de volgende ronde, zijn de zenuwen helemaal voorbij.’ Grijnzend kijkt ze me aan en verbijsterd kijk ik terug. Wat zegt ze nou? En waarom? Hoezo door naar de volgende ronde? Dat moeten we nog maar afwachten. En als een boer met kiespijn probeer ik te glimlachen.

‘Dus jullie zijn er helemaal van overtuigd dat jullie doorgaan?’ Geamuseerd kijkt Raymond naar Lucy, die helemaal losgaat. *Totaal in haar element.*

‘Ja, ik in elk geval wel. Ik heb gewoon een vetgoed verhaal geschreven en het volgende wordt ook weer geweldig! Of Ana doorgaat weet ik natuurlijk niet. Je moet uiteraard wel een beetje fantasie hebben.’ Grijnzend kijkt ze Raymond aan. *Lekkere vriendin.*

‘En jij? Ana is het, nietwaar? Heb jij er net zo veel vertrouwen in als je vriendin?’ Vanuit mijn nek voel ik opnieuw een golf warmte opstijgen. Langs mijn kaken, naar mijn oren en verder omhoog. *Kunnen haren ook rood worden?* Ik probeer niet in de richting van de anderen te kijken, maar het is lastig, mijn ogen schieten steeds naar een jongen die vlak naast ons zit. Hij heeft donker haar dat op zijn schouders hangt en felgroene ogen. *Meer een rockster dan een schrijver.*

‘We zullen wel zien. Er zijn zo veel goede schrijvers.’ Ik struikel bijna over mijn woorden. *Hoe klungelig kun je overkomen.*

'Nou ik wens jullie in elk geval heel veel succes.' Raymond lacht nog een keer naar Lucy, die hem terwijl hij wegloopt een handkusje toewerpt.

'Doe even normaal, ik schaam me dood,' sis ik haar toe, maar Lucy lacht alleen maar.

'Stel je niet aan. Het gaat hier niet om talent, Ana, maar om connecties. Die man is literair agent.'

Verbaasd kijk ik haar aan. Had ik iets anders van haar verwacht? Waarschijnlijk heeft ze gelijk, maar zonder talent gaat het niet lukken. Dat moet ze toch ook begrijpen.

Ik kijk nogmaals om me heen. Het is een heel diverse groep. Sommigen zijn ouder dan ik en anderen jonger. Iedereen komt uit verschillende delen van het land, behalve Lucy en ik, die natuurlijk in dezelfde stad wonen. Nicole Brinkman, een meisje met halflang, donkerblond haar, komt helemaal uit Gelderland en Myrthe Steegers zelfs uit Breda. Mijn blik blijft weer rusten op de jongen met de groene ogen. Hij heeft zich voorgesteld als Thomas en woont niet eens zo ver bij ons vandaan. Half uurtje met de trein. *Dat biedt perspectief.* Terwijl ik observeer hoe hij zit te luisteren naar wat een van de andere kandidaten vertelt, draait hij plotseling zijn hoofd om en kijkt me recht aan. Snel wend ik mijn blik af, maar ik weet dat hij me heeft zien staren. Ik voel mijn wangen weer gloeien en baal van mezelf. Wat moet hij wel niet denken?

Na het voorstelrondje moeten we allemaal ons schrijfblok pakken en een pen. Dan krijgen we korte schrijfopdrachten, die steeds worden besproken. Lucy heeft steeds het hoogste woord, terwijl ze maar weinig op papier krijgt. Haar zinnen lopen niet goed en haar uitwerking van de opdrachten is niet erg origineel. Ik heb zelfs een paar van de andere kandidaten met hun ogen zien draaien terwijl ze een van haar stukjes voorlas. Niet netjes, maar wel begrijpelijk. En opnieuw verbaas ik me over Lucy's deelname en vraag ik me af hoe ze in godsnaam een van de tien beste verhalen heeft kunnen schrijven.

Na de lunchpauze leren we eindelijk de andere juryleden kennen en horen we meer over het vak van uitgever en welke elementen een goed kort verhaal moet bevatten. Maar het leukste van de hele dag is het moment dat we ieder een schrijfcoach krijgen toegewezen om onze opdracht voor de volgende keer door te spreken.

'En hoe is het de afgelopen twee weken gegaan met schrijven? Lukt het allemaal een beetje met de opdracht?' Mijn schrijfcoach is een vrouw van ongeveer dertig jaar met kort zwart haar. Ze kijkt me vriendelijk aan.

Onzeker haal ik mijn schouders op. 'Waar heb je precies moeite mee?'

'Ik vind het best lastig. Wat moet je nou schrijven over oorlog?' Samen lopen we door mijn geschreven teksten en ideeën, en gelukkig lijkt het allemaal niet zo hopeloos te zijn als ik zelf denk. Als we klaar zijn voel ik me een stuk beter en opgelucht stop ik mijn schrijfblok weer in mijn tas. Tot slot krijgen we nog een paar aanwijzingen voor de komende periode en wordt ons op het hart gedrukt om de opdracht op tijd in te sturen, omdat je anders zonder uitzondering uit de wedstrijd ligt. Iedereen knikt en dan is het eindelijk tijd om te gaan. Myrthe, met wie ik tijdens de schrijfoefeningen heb samengewerkt, loopt op me af en begint tegen me te praten. Het is een leuke meid en met z'n tweeën lopen we alvast naar de gang. Kort daarna zie ik Lucy ook de gang in komen. Met een brede glimlach op haar gezicht loopt ze op me af.

'En hoe ging het bij jou? Was je coach tevreden over je schrijfwerk?' Maar voor ik antwoord kan geven, word ik op mijn schouder getikt. Ik draai me om en kijk recht in het gezicht van Thomas. De jongen met de groene ogen. Mijn hart slaat een slag over. *Doe niet zo stom, je kent hem niet eens.*

'Hé, Ana. Je hebt je tas naast je stoel laten staan. Die moet je niet vergeten, hoor.' Hij steekt mijn rugzak omhoog en snel kijk ik naar de grond, alsof de tas daar staat in plaats van dat hij hem vastheeft. Daar had ik hem toch neergezet? Of toch niet? *Maakt het uit. Alle leuke-jongen-alarmbellen gaan af!* Ik pak de rugzak van hem over.

'Dank je.' Een beetje verlegen kijk ik hem aan. Van dichtbij ziet hij er nog leuker uit. Maar veel tijd om hem te bewonderen krijg ik niet. Naast me hoor ik Lucy ongeduldig snuiven en zonder na te denken geef ik haar een por met mijn elleboog.

'Ana, je vader staat vast al te wachten. We moeten opschieten.' Ze kijkt even naar Thomas, haalt haar neus op en pakt mijn arm. Haar wangen lichtroze gekleurd.

'Nou, die kan best even wachten, hoor!' Ik doe voorzichtig een stap opzij, waardoor Lucy mijn arm weer moet loslaten. Beledigd kijkt ze me aan.

'Oké, dan zie ik je straks wel. Ik ga nog even naar de wc en dan loop ik meteen door naar buiten.' Zonder ons verder nog een blik waardig te keuren beent ze weg, terwijl Thomas en ik achterblijven en elkaar opnieuw aankijken. Dan beginnen we allebei te lachen.

'Dat is Lucy. Miss Ongeduld.' En ik kijk nogmaals in de groene ogen van Thomas. In mijn buik begint het te fladderen en ik voel mijn wangen gloeien. Hij staat heel dichtbij.

'Ik heb je verhaal gelezen. Dat over je broertje. Klote, hoor.'

Ik knik zwijgend en mijn hart begint nog harder te bonken. Het blijft moeilijk om over Daniël te praten, zelfs met zo'n leuke jongen. Gelukkig begint Thomas snel over iets anders en uiteindelijk lopen we samen naar de hal, waar Lucy al ongeduldig staat te wachten. Naast haar staat mijn vader.

'Nou, daar is ze eindelijk. Ik heb nog tegen haar gezegd dat ze moest opschieten hoor, meneer Bootsma, maar ze wilde niet luisteren.' Lucy's wangen zijn inmiddels knalrood.

Met een verontschuldigende blik geef ik Thomas een hand, die hij stevig vastpakt. Hij kijkt even naar Lucy en geeft me dan een knipoog. 'Vriendjes worden op Facebook?'

Ik knik. Wat zouden we moeten zonder Facebook? Ik kijk hem na als hij wegloopt en zie hoe hij zijn mobiel uit zijn broekzak haalt en druk begint te tikken. Dan draait hij zich om en ziet me kijken. Hij steekt zijn mobiel omhoog en roept: 'Mail. Dat krijg je als je een hele dag onbereikbaar bent. Dan gaan mensen je missen.' Hij lacht erbij en loopt verder, opnieuw verdiept in zijn telefoon.

Onderweg naar huis laat ik Lucy voorin zitten en schuif ik zelf op de achterbank. Ze praat aan één stuk door over de jury en de andere kandidaten, en heeft al een paar keer gezegd hoe goed de schrijfcoach haar opzet voor de opdracht vond. *Maar een simpele schrijfopdracht maken tijdens de workshop van vandaag was te moeilijk!*

Ik denk weer aan Thomas. Zijn groene ogen leken dwars door me heen te kijken. Opnieuw voel ik het kriebelen in mijn buik en boos probeer ik mezelf tot de orde te roepen. Ik heb wel wat anders aan mijn hoofd, en het enige waar ík aan kan denken is een knappe jongen met groene ogen. En leuk haar!

De rest van de rit staar ik naar buiten en probeer ik Thomas te vergeten. Waarschijnlijk heeft hij allang een vriendin. Aan wie stuurde hij anders meteen een mail? Ik moet stoppen met aan hem te denken. Maar het heeft geen zin. *Liefde op het eerste gezicht.* Wat een onzin! Ik probeer mijn gedachten aan Thomas weg te drukken en kijk door het raam naar buiten. Het regent. Ik kan niet wachten tot we thuis zijn.

Thuis ga ik meteen achter mijn laptop zitten om de Imagine!-website op te zoeken. Op de pagina waarop alle kandidaten in het kort staan beschreven, klik ik op de foto van Thomas. Lachend kijkt hij de camera in. Een aanstekelijke lach. En inderdaad, hij heeft mooie ogen én leuk haar. Starend naar de foto rommel ik in mijn rugzak. Terwijl ik de spullen in mijn tas opzijschuif, schiet er een lichte paniek door me heen. Waar is mijn schrijfblok? Ik tuur in de tas en rommel er opnieuw doorheen. Waarom is het toch altijd zo'n troep in mijn tas? Uit pure frustratie draai ik hem om. Er valt van alles uit. Een lipstick die ik nauwelijks gebruik, lege kauwgompakjes, pennen en zelfs een flesje water, maar het schrijfblok zit er niet in. Het is weg! In het blok heb ik mijn aantekeningen voor de schrijfopdracht opgeschreven. Die kan ik echt niet missen!

In paniek trek ik mijn rugzak op mijn schoot. Vergeten zijn de mooie ogen en het leuke haar. Vergeten zijn de kriebels in mijn buik. Op dit moment kan ik maar aan één ding denken: waar is mijn schrijfblok?! Maar mijn rugzak is leeg, hoe vaak ik er ook in kijk.

Hoofdstuk 8

Ik zit samen met Roos achter een van de computers in het medialokaal. Met veel pijn en moeite heb ik afgelopen zaterdag eindelijk de schrijfopdracht ingezonden en Roos laat me zien hoeveel stemmen mijn verhaal heeft gekregen.

Ze is superenthousiast en kletst maar door. In een razend tempo klikt ze schermen open en weer dicht. Ik word er bijna duizelig van.

Ik was nog maar net op tijd met mijn inzending. Ik moest het hele verhaal opnieuw schrijven, want ik had meteen een mail naar de organisatie gestuurd, maar mijn schrijfblok was niet gevonden. Ik heb zelfs nog aan Lucy gevraagd of zij er iets van wist, maar natuurlijk kwam daar niets uit. Sterker, toen ze hoorde dat ik mijn spullen kwijt was, beschuldigde ze meteen Thomas. Volgens haar had hij mijn schrijfblok gepakt. Tenslotte was hij degene die met mijn rugzak was komen aanzetten.

'Gezellig achter de computer?' Ymke slaat op Roos' schouder en ploft in de stoel naast haar. Nieuwsgierig kijkt ze op het beeldscherm.

'Je bent goed bezig, Ana. En de wedstrijd is nog maar net begonnen. Daar zal Lucy blij mee zijn.' Ymke schiet in de lach, maar het klinkt niet gemeend. Ik haal mijn schouders op. Met Lucy hou ik me niet bezig.

Sinds ze ook meedoet aan de wedstrijd, zie ik haar een stuk minder. Meestal trekt ze op met leerlingen die ik niet ken. Jongere leerlingen uit de brugklas en de tweede. 'Groupies' noemt Roos ze. Typisch Lucy. Het lijkt wel of ze meedoet met *X Factor* in plaats van een schrijfwedstrijd. Ze maakt alles altijd zo belangrijk. Qua stempercentage gaat het echter een stuk minder met Lucy en haar inzending. Volgens Roos dan. Ik hou het allemaal niet zo bij.

'Zin om na school een patatje te halen?' Ymke kijkt ons aan, maar ik moet er eerlijk gezegd niet aan denken, en bovendien heb ik weer een interview. Dit keer met een journalist van het regionale dagblad *Noord-West*. Hij heeft me vorige week gebeld en we hebben voor vandaag een afspraak gemaakt.

'Wat mij betreft prima. Ga jij ook mee, Ana?' Roos kijkt even opzij, maar ik schud nee.

'Ik heb vanmiddag een afspraak, dus ik ga meteen naar de stad.'

Ymke kijkt me nieuwsgierig aan. 'Een afspraak?'

'O ja, je hebt een afspraak met die journalist.' Roos herinnert het zich weer. Natuurlijk heb ik haar verteld over het interview. Ymke niet, maar daar had ik ook niet zo'n behoefte aan en ik vind het dan ook jammer dat het nu toch ter sprake komt.

De laatste tijd loopt de vriendschap behoorlijk stroef tussen Ymke en mij. Eigenlijk sinds ik een tijdje geleden ruzie met haar heb gehad. Roos vierde haar verjaardag en had natuurlijk Ymke en zelfs Lucy uitgenodigd voor een slaapfeestje. De hele avond was Lucy zoals gewoonlijk duidelijk aanwezig, maar het was eigenlijk best gezellig geweest. Ymke en Roos hadden samen een persiflage gedaan van een paar leraren. Vooral Ymke was hilarisch; ze is een kei in het nadoen van stemmen. Als ik mijn ogen dichtdeed was het net alsof ik die leraar hoorde. Heel apart.

Maar om een uur of elf hadden Lucy en Ymke opeens aangekondigd dat ze weggingen, naar een ander feestje. Ze zouden later weer terugkomen. Roos moest haar slaapkamerraam maar op een kier laten staan, dan klommen ze wel via het dak van de schuur naar binnen. Of ze zich eerst nog even mochten omkleden?

Met veel te korte rokken en te korte topjes waren ze giechelend uit de badkamer gekomen en via het dak naar beneden geklauterd. Roos had alleen maar haar wenkbrauwen opgetrokken en er verder niets van gezegd, maar als blikken konden doden... Ik vond het gedrag van Lucy en Ymke echt belachelijk. Zoiets doe je toch niet? Kwamen ze nou voor Roos of omdat ze op deze manier stiekem naar een ander feestje konden gaan?

Rond een uur of vier waren ze eindelijk teruggekomen. Met veel te veel lawaai waren ze door het raam geklommen en hadden daarbij iedereen wakker gemaakt. Toen Ymke tot overmaat van ramp ook nog haar rokerige topje boven op mijn gezicht gooide, was voor mij de maat vol.

'Doe eens even normaal, Ymke. We slapen al. Dat jullie als een stelletje slettebakken 's nachts over straat willen lopen, prima! Maar dat betekent nog niet dat jullie ons daarmee hoeven lastig te vallen!' Waarna ik me omdraaide en mijn slaapzak over mijn hoofd trok. Ik hoorde Ymke en Lucy nog even mopperen en met name Ymke vond het nodig om een paar flinke krachttermen in mijn richting te slingeren. Waarop Roos natuurlijk voor mij in de bres sprong en Ymke met een paar stevige scheldwoorden liet weten dat ze onmiddellijk moest kappen en gaan slapen.

Te hard, want opeens stond Roos' moeder in de slaapkamer. Met één blik had ze gezien dat Lucy en Ymke onder de make-up en half aangekleed in de kamer stonden en, erger nog, duidelijk gedronken hadden. De volgende dag had Roos' moeder hun ouders gebeld en de situatie uitgelegd. Iets wat Ymke mij natuurlijk kwalijk nam. Ze keek me de hele tijd aan terwijl Roos' moeder op de achtergrond aan het telefoneren was. Lucy kon het niet veel schelen. Haar ouders vinden alles prima.

Ik probeer de herinnering aan Roos' feestje naar achteren te schuiven. Roos is inmiddels in gesprek met Ymke en ik zie hoe ze af en toe naar me kijkt. Ze knipoogt naar me en lacht. Bijna automatisch trek ik mijn mondhoeken omhoog. *Aangeleerd gedrag.* Ongemakkelijk blijf ik zitten en als Mark en Richard twee minuten later het lokaal binnenlopen en om ons heen gaan hangen, besluit ik dat dit een mooi moment is om te gaan.

'Jongens, ik ga naar de bibliotheek. Ik heb nog huiswerk van economie, dat moet ik morgen inleveren.' Ik pak mijn tas met mijn nieuwe schrijfblok erin op en loop naar de schoolbibliotheek. Tegenwoordig werk ik alles meteen uit op mijn laptop. Na de ramp van vorige week zaterdag ben ik dubbel zo voorzichtig. Ik kan nog steeds niet geloven wat er gebeurd is. Gelukkig was het een nieuw schrijfblok. Alleen de nieuwe schrijfopdracht stond erin en de aantekeningen die ik tijdens de workshop had gemaakt. Maar het blijft vervelend. De schrijfcoach die ik zaterdag tijdens de workshop gesproken had, belde me nog op. Volgens haar kon ik beter een compleet nieuw verhaal schrijven. Het risico dat iemand mijn verhaal had gelezen en daar iets mee zou doen was te groot. En hoewel ik er enorm van baalde was ik toch opnieuw begonnen. Wat moest ik anders?

Om bij de schoolbibliotheek te komen moet ik het schoolplein oversteken. Ik loop om de stenen tafeltennistafel heen en ontwijk een paar bankjes. Het schoolplein is twee jaar geleden helemaal opgeknapt en voorzien van een nieuwe look. *Om alles wat er gebeurd was te vergeten.*

Maar ik kan het niet vergeten. Mijn ouders hebben nog gevraagd of ik naar een andere school wilde. Dan moest ik wel naar een andere stad, maar als ik dat wilde dan mocht het. Bijna had ik het gedaan, maar het idee dat ik Roos dan niet meer elke dag zou zien vond ik veel erger. Daarbij is Daniël niet op het Drieluik College vermoord. Op de dag van de schietpartij was ik niet eens op school. Pas veel later heb ik de foto's gezien, van twee jongens die ik niet kende in een vreemde houding op het schoolplein.

Ook het schoolgebouw zelf is aangepast. Het deel waar de lerarenkamer zich bevond heeft een andere bestemming gekregen. Er worden nu spullen opgeslagen en alleen de conciërge komt er nog. Alles om maar niet herinnerd te worden aan het bloedbad dat door Finn is aangericht. Finn en Milo. In de krant werden ze 'moordvrienden' genoemd. Beste vrienden die samen moorden: hoezo verknipt? *Milo is vrijgesproken.* Maar voor mij is en blijft hij schuldig. Ook aan de moord op Daniël.

In mijn broekzak voel ik mijn mobiel trillen en terwijl ik verder loop haal ik het ding uit mijn zak en kijk op het scherm. Een Facebookberichtje. Het is van Thomas; snel open ik mijn Facebookmail.

Hé Ana, hoe gaat het met schrijven? Ik zag op de Imagine!-site dat je de opdracht hebt afgekregen. Is het nog gelukt om een goed verhaal te bedenken? Ik vond het best lastig, maar uiteindelijk ben ik er best tevreden over. Misschien een rare vraag, maar heb je misschien zin om dit weekend wat af te spreken? Thomas

Dit weekend? In mijn buik begint het te kriebelen. Sinds de workshop zit Thomas voortdurend in mijn hoofd. De foto van de website heb ik uitgeprint en regelmatig kijk ik ernaar. Stom natuurlijk. Hij is vast helemaal niet in mij geïnteresseerd.

Maar nu wil hij afspreken. Dit weekend al, en ik voel hoe mijn hart sneller begint te kloppen. Gauw probeer ik te bedenken of ik nog andere dingen heb staan. *Doe niet zo stom. Hij is waarschijnlijk gewoon in de buurt en bedoelt er verder niets mee.* Maar ik negeer het stemmetje in mijn hoofd en druk zonder verder na te denken op 'reply'. Vlug laat ik Thomas weten dat afspreken wat mij betreft geen probleem is. Na wat heen-en-weergemail spreken we af op zaterdagochtend, op het station. Ik zal hem op het perron oppikken. Als het goed is weten we dan inmiddels ook of we door zijn naar de volgende ronde. *Nu heb ik twee dingen om me zenuwachtig over te maken.* Snel stop ik mijn telefoon weer weg en stap de bibliotheek binnen. Nu eerst economie. De rest komt later wel.

Ook deze zaterdagochtend word ik vroeg wakker gebeld. Kreunend kijk ik op het scherm van mijn telefoon en ik zie dat het Roos is. *Natuurlijk. Wie anders.*

'Je bent door!'

Ik draai me op mijn rug en staar naar het plafond. 'En Thomas?' Nu verbaas ik Roos, want ze is zowaar een keer stil.

'Thomas? Waarom wil je dat weten?' De vraag blijft tussen ons in hangen en ik realiseer me dat ik Roos niets over Thomas verteld heb. *Waarom zou ik ook? Er is toch niets gebeurd?*

'Vind jij die Thomas soms leuk?' Ik kan de glimlach van plezier op Roos' gezicht bijna door de telefoon heen zien. En hoewel goed bedoeld, vind ik het toch irritant.

‘Ik vind hem gewoon aardig, meer niet.’

Een harde lach rolt mijn oor in. Blijkbaar gelooft Roos er helemaal niets van. ‘Nou, dat zal dan wel. Maar maak je geen zorgen, hij is door, hoor. En onze grote vriendin Lucy ook. Hoe ze dat nou weer voor elkaar heeft gekregen… zeg jij het maar.’

Maar ik wil daar helemaal niet over nadenken. Ik moet opschieten, om elf uur heb ik afgesproken met Thomas en ik wil echt niet te laat komen.

Eigenlijk is het maar goed dat Roos me wakker heeft gebeld, en nadat ik haar over mijn afspraak met Thomas heb verteld, hang ik op. Toch kan ik het niet laten om voor het douchen nog even naar de uitslag te kijken. Lotte en Roy zijn afgevallen. Nu zijn we nog maar met acht kandidaten.

Dan valt mijn oog op de percentages. Met 47% van de stemmen sta ik bovenaan. *Wie had dat kunnen denken?* Thomas heeft 15% van de stemmen en Myrthe 8%. Lucy staat helemaal onderaan met 0,75% van de stemmen. Ik moet een beetje lachen. Zo’n grote mond en dan maar 0,75% van de stemmen.

Ik ben benieuwd wat Thomas ervan vindt. In mijn buik begint het opnieuw te kriebelen en snel sta ik op. Ik moet opschieten: eerst douchen, dan kleding uitzoeken, ontbijten en dan hop, naar de stad. Geen getreuzel, daar heb ik echt geen tijd voor.

Zenuwachtig kijk ik nog een keer op de stationsklok. Thomas’ trein komt als het goed is om 11.04 uur aan.

Een paar minuten later rijdt hij het station binnen, en voor ik het goed en wel besef staat Thomas voor mijn neus. Een beetje onwennig omhels ik hem. ‘Alles goed?’ Thomas kijkt me lachend aan.

'Ja, prima. Drukke week op school gehad. Blij dat het weekend is.' Ik probeer mijn stem nonchalant te laten klinken.

'Ja, school zouden ze moeten afschaffen,' zegt Thomas met een knipoog en hij draait zich om naar de trap. 'Zullen we gaan?'

Een beetje overrompeld kijk ik naar hem. Vanwaar opeens die haast?

Dan zie ik opeens helemaal aan het eind van het perron nog iemand uit de trein stappen. Ymke. Wat doet die nou hier? En waar komt ze vandaan? Verbaasd kijk ik hoe ze in onze richting komt lopen.

'Hé, Ana. Dat is ook toevallig.' Met een grote grijns op haar gezicht kijkt ze eerst naar mij en dan naar Thomas.

'Zou je mij niet even voorstellen?'

Een beetje opgelaten doe ik wat ze vraagt. 'Thomas, dit is Ymke, een vriendin van mij. We zitten bij elkaar op school. Ymke, dit is Thomas, hij doet ook mee met Imagine!.'

Lachend geeft Ymke Thomas een hand. 'Dus jij schrijft ook? Leuk!'

Zwijgend knikt Thomas. Hij kijkt een beetje nors, alsof hij geïrriteerd is, en even valt er een ongemakkelijke stilte.

'Wat doe jij eigenlijk hier?' Mijn vraag komt er iets kattiger uit dan de bedoeling was, maar Ymke lijkt het niet op te merken.

'Niets bijzonders. Ik kom bij mijn oma vandaan. Ben ik gisteren na school naartoe gegaan. Ze is al een tijdje niet zo lekker, dus ik heb even wat geholpen. Maar ik heb straks een hockeywedstrijd; daarom heb ik vanmorgen weer de trein terug gepakt. En jullie, wat gaan jullie doen?' Ze kijkt opnieuw in Thomas' richting, maar hij staart de andere kant op. Bijna alsof hij er liever helemaal niet bij zou zijn.

Ik haal mijn schouders op en zeg ook niets. Eigenlijk weet ik zelf niet eens goed wat Thomas en ik gaan doen. Iets drinken, wat praten. *Of misschien...*

'Nou, veel plezier dan maar. Ik zie je maandag wel weer op school, Ana. Kun je mij alles over je weekend vertellen.' Ymke knipoogt veelbetekenend.

Ik knik opgelaten en wens haar veel succes met de wedstrijd.

Voordat Ymke de trap af loopt draait ze zich nog even om, kijkt nog een keer naar Thomas en mij en steekt haar hand op. Dan is ze verdwenen.

Zonder iets te zeggen blijven Thomas en ik even staan.

'Sorry. Ymke is af en toe wat...' Mijn woorden blijven tussen ons in zweven. In mijn buik kriebelt het. Ik hoop niet dat Thomas door dat gedoe met Ymke zijn interesse verliest.

Thomas kijkt me even aan. Zijn ogen zijn zó mooi...

'Maakt niet uit, joh. Daar kun jij toch niets aan doen.' Hij lacht er een beetje bij en ondanks de regen lijkt het ineens een stuk lichter.

Samen lopen we de trap af. Ymke is gelukkig verdwenen. Het regent pijpenstelen. Grote druppels vallen naar beneden en even blijven we bij de ingang van de stationshal staan. Ik stel voor om naar Homemade Goodies te gaan. Een lunchroom met een Amerikaans menu. Het is maar een klein stukje lopen en Thomas knikt instemmend. Hij pakt een paraplu uit zijn tas. Hoewel het maar een paar minuten lopen is, maak ik dankbaar gebruik van zijn aanbod. *Niet verkeerd, zo samen onder de plu.* Thomas legt zijn arm om mijn middel en ik voel mijn wangen gloeien. Hopelijk heeft hij het niet door. En met licht gebogen hoofd lopen we snel verder.

Eenmaal binnen bestellen we allebei een warme chocolademelk en zodra die is gebracht pak ik de mok snel op zodat ik mijn handen een beetje kan opwarmen.

'Gefeliciteerd trouwens.' Lachend kijk ik Thomas aan. Die is echter druk bezig op zijn mobiel om een e-mail of berichtje te versturen. *Lekker geïnteresseerd.*

'Ja, jij ook. Hoge score, hoor. Heb je goed gedaan.' Verlegen kijk ik naar mijn chocolademelk. Wat moet je daar nu op zeggen? Maar gelukkig praat Thomas gewoon verder. 'Maar die vriendin van jou, die Lucy, die heeft geluk gehad, hoor. Slechte score bij de vakjury en maar net genoeg stemmen van het publiek om verder te gaan.' Hij stopt zijn telefoon in zijn jaszak, verschuift de rode stoel naast hem en zakt wat onderuit, waarbij zijn haar naar voren valt. Weer valt het me op hoe leuk hij er eigenlijk uitziet en opnieuw voel ik de inmiddels bekende kriebels.

We besluiten in de lunchroom te blijven en bestellen allebei een bagel burger en een cola. Thomas begint over het interview dat pasgeleden in *De Nieuwe Nederlandse Courant* stond. Naast de verwachte vragen over de wedstrijd had de journaliste ook veel vragen gesteld over Daniël en alles wat er rondom zijn dood was gebeurd. Al snel hebben we het over heel andere dingen dan de schrijfwedstrijd en Lucy. Thomas wil alles weten over Daniël, mijn ouders, hoe ik met de moord omga en wat ik nog meer doe buiten schrijven. Het valt me op hoe makkelijk ik met hem kan praten en uiteindelijk vertel ik hem veel meer dan ik verwacht had. Het voelt eigenlijk best fijn om zo open met iemand te zijn. Af en toe stel ik hem ook een paar vragen. Ik probeer erachter te komen of hij een vriendin heeft. *Zo'n leuke jongen, dat moet toch haast wel.* Maar hij laat vrijwel niets los.

'Dus na het overlijden van je broertje is de relatie met je moeder slechter geworden?' Thomas kijkt me met opgetrokken wenkbrauwen aan, terwijl hij een grote slok van zijn cola neemt. Ik knik zwijgend.

'En je vader? Kan hij niets doen?' Hij neemt nog een slok en het blijft even stil.

Ik denk aan mijn vader en haal mijn schouders op. 'Mijn vader is de eerste periode voornamelijk bezig geweest met zichzelf. Hij kwam meestal niet thuis, werkte of zat in de kroeg.' Opnieuw zie ik mijn vader voor me. Languit op de bank, knock-out na weer een avond te lang in het café te hebben gehangen. 'Gelukkig drinkt hij niet meer, maar verder is het precies hetzelfde. Hij is nog steeds met zichzelf bezig, dat en zijn huwelijk. Hoewel mijn moeder van dat laatste niet overtuigd is, wat de nodige ruzies veroorzaakt.' Zuchtend kijk ik opzij. Buiten regent het nog steeds en achter mijn ogen brandt het. Tranen die eigenlijk naar buiten willen, maar die ik probeer tegen te houden. *Huilen is niet cool.*

Ik probeer nog wat meer over Thomas te ontdekken. 'Hoe zit het eigenlijk met jou? Heb jij broers of zussen?' Ik kijk naar hem.

'Nope. Enig kind. Mijn ouders vonden een van mij blijkbaar wel genoeg. Ze hebben het veel te druk voor meer kinderen. Altijd aan het werk. Je kent het wel.' Nu is het mijn beurt om te knikken. Ik ken het inderdaad. Mijn vader kan er ook wat van.

Dan is het alweer voorbij en nadat we hebben betaald aan de Amerikaans sprekende eigenaresse, lopen we naar buiten, waar het ondertussen droog geworden is en de zon zelfs een beetje is gaan schijnen.

'Ik vond het echt heel erg gezellig.' Thomas houdt mijn hand vast en kijkt me diep in mijn ogen. 'Moeten we snel nog een keer doen.' Ik ben het met hem eens. Het was hartstikke gezellig, eigenlijk nog wel meer dan dat.

'Ja, het was zeker gezellig.' Mijn stem klinkt vreemd. Zacht en trillerig. 'Nou, dan zie ik je over twee weken weer, bij de workshop.'

Thomas knikt alleen maar en blijft ondertussen mijn hand vasthouden. Zijn groene ogen, met een donkere kring om de iris, staren in die van mij. Ik word er een beetje zenuwachtig van. Zo'n onbehaaglijk kusmoment. *Kussen we wel of kussen we niet...?* Dan buigt Thomas langzaam naar voren. Ik blijf stokstijf staan, tot ik zijn lippen op de mijne voel. Dat is het moment dat ik ontspan.

Die trut! Altijd weet ze zich ertussen te wurmen. Dit was het perfecte moment geweest. Ze geloofde er zelf niet in en nu gaat ze al voor de tweede keer door! Geïrriteerd gooi ik mijn tas van mijn stoel. Eigenlijk wil ik het ding nog een flinke schop geven, maar mijn voet schiet door en bijna beland ik op mijn rug. Kutzooi. Door de bijna-val heb ik hard op de binnenkant van mijn wang gebeten. Ik proef het bloed in mijn mond. Een metalige smaak.

'Shit...' mompel ik binnensmonds. Vloeken wordt hier in huis niet op prijs gesteld en het laatste waar ik nu behoefte aan heb zijn ouders die komen kijken wat er aan de hand is, of erger: een preek. Lekker belangrijk.

Ik kijk nog eens naar mijn laptop. De bitch! En waarom?! Alsof ze echt zo ontzettend goed schrijft. Ga toch weg.

Met een klap plof ik op de stoel. Mijn hoofd voelt alsof het elk moment uit elkaar kan barsten. Was het haar hoofd maar dat ik kon laten barsten. Fijnknijpen net zo lang tot het bloed uit haar oren, ogen en neus stroomt.

Met mijn voet duw ik mijn tas, die bijna vergeten op de grond ligt, weg. Er steken kledingstukken uit en papieren. Papieren met woorden over oorlog.

Achter mijn slapen voel ik een doffe hoofdpijn en even sluit ik mijn ogen. Rode stippen knipperen aan en uit. Ik laat dit niet gebeuren. Genoeg is genoeg. In gedachten zie ik Ana voor me. Arme, zielige, verliefde Ana. En voor het eerst sinds de uitslag van vanmorgen begin ik te glimlachen. Het komt allemaal wel goed. Gewoon rustig blijven en focussen. Misschien is dit allemaal nog niet zo slecht. Later verliezen komt harder aan. En daarbij, misschien is alleen maar verliezen niet voldoende.

Met mijn rechterhand klik ik op het bureaublad van mijn laptop. Met een druk op de knop open ik mijn browser en dan mijn mail. Ik heb een berichtje en als ik het open begin ik nog breder te glimlachen. Echte wraak is zoet en dat gaat Ana binnenkort ondervinden. Grinnikend begin ik te typen. Alles komt goed. En zo niet, dan is er altijd nog plan B.

Hoofdstuk 9

In de grote ruimte klinkt zacht geroezemoes. We zitten in dezelfde zaal als een maand geleden, alleen dit keer zit niet Lucy naast me, maar Nicole. Voor de opdracht zijn we in groepjes van twee verdeeld en Nicole en ik moeten samen een kort verhaal schrijven. Bezorgd heb ik een uur geleden toegekeken hoe Thomas bij Lucy werd ingedeeld. Met opgetrokken wenkbrauwen had hij in mijn richting gekeken en zijn schouders opgehaald. Ik begrijp zijn bezorgdheid. De opdracht is belangrijk omdat hij ook meetelt voor de vakjury. Dat betekent dat er gekeken wordt naar het verhaal dat we ieder afzonderlijk volgende week per mail moeten insturen en naar het verhaal dat ik nu samen met Nicole aan het schrijven ben. En dat geldt ook voor Thomas. Gezien Lucy's gebrek aan schrijftalent is het dus terecht dat we ons allebei zorgen maken. Ik hoop niet dat hij straks door haar toedoen in de problemen komt. Ook bij de volgende afvalronde zullen er weer twee kandidaten moeten vertrekken en ik moet er niet aan denken dat Thomas daarbij zit!

Maar ook ik heb het lastig. Na Lucy is Nicole de zwakke schakel en de opdracht is echt heel moeilijk, ondanks de workshop van vanmorgen die ons moet helpen om hem goed te doen. Nicole en ik hebben een totaal andere stijl van schrijven en hoewel we vanmorgen heel veel aanwijzingen hebben gekregen van een schrijversechtpaar uit Friesland dat al jaren gezamenlijk boeken schrijft, blijft het lastig.

Ik kijk nog eens in mijn aantekeningen. Het schrijversduo heeft ons verteld dat ze altijd een verdeling maken van wie wat doet. Soms per personage, maar soms ook per scène. Maar dan heb je het over een heel boek. Genoeg te verdelen dus. Nicole en ik moeten een verhaal schrijven van maximaal duizend woorden. En dan hebben we ook nog een deadline. Het verhaal moet klaar zijn voor vanmiddag drie uur. Als ik daaraan denk breekt het zweet me uit.

'Als we nou eens een verdeling per personage maken? Ieder personage heeft zijn eigen karakter. Op die manier valt het misschien iets minder op dat we een totaal verschillende schrijfstijl hebben.' Nicole knikt instemmend. Er komt niet veel input van haar. Ze vindt alles wel prima en zuchtend probeer ik een verdeling op papier te zetten. We moeten een verhaal schrijven waarin twee mensen elkaar na twintig jaar weer voor het eerst zien. Veel dialoog dus. Ik denk aan de schrijfopdracht die we twee weken geleden gekregen hebben: schrijf een dialoog tussen jou en iemand die je bewondert, haat of liefhebt. Het is duidelijk dat deze maand in het teken van dialogen staat. Niet makkelijk, en aan Nicole heb ik ook niet veel.

De rest van de ochtend en een deel van de middag werken we aan het verhaal. Af en toe komt er een schrijfcoach langs die aanwijzingen geeft. Volgens Nicole heb je daar geen 'reet' aan. 'Vaag gelul,' fluistert ze in mijn oor, terwijl de schrijfcoach naar een andere tafel loopt. Zelf denk ik dat het wel meevalt en ik probeer de tips toe te passen op de tekst die ik aan het schrijven ben. Na nog wat overleg ronden we het verhaal af en leveren we het in.

Vanuit mijn ooghoek zie ik Thomas en Lucy ook hun werk inleveren. Ik ben benieuwd hoe het hun is vergaan en omdat we een korte pauze hebben, loop ik op ze af.

'Hoe ging het bij jullie?' Thomas haalt zijn schouders op en zwijgt. Het zegt genoeg. Blijkbaar was de samenwerking niet optimaal.

'Gaat je niets aan. We zitten in een wedstrijd, weet je nog!' Pinnig vouwt Lucy haar armen over elkaar en kijkt me uitdagend aan. *Aanstelster.* Sinds de uitslag van twee weken geleden praten we nauwelijks nog met elkaar. Het meedoen aan de wedstrijd heeft als resultaat dat onze verschillen nog duidelijker zijn geworden. Lucy is nooit een echte vriendin geweest en haar gedrag rond de schrijfwedstrijd maakt dit heel duidelijk. Af en toe komt ze in de pauze nog wel eens bij ons zitten, maar dat is meer voor Ymke dan voor Roos en mij. Ik ben altijd opgelucht als ze weer vertrekt. Ik hou niet van ruzies en spanningen. Als ik daar behoefte aan heb, dan ga ik wel naar huis.

Ik haal mijn schouders op. 'Joh, dan zeg je toch niets.' En ik wend me naar Thomas. 'Zullen we wat gaan drinken?' En zonder Lucy nog een blik waardig te keuren lopen we samen weg. In gedachten zie ik haar hoofd rood worden en bijna ontploffen. Volgens mij vindt ze Thomas hartstikke leuk en kan ze het niet uitstaan dat hij haar nu gewoon laat staan.

'Om terug te komen op je vraag: het ging vreselijk.' Thomas staat moedeloos met een glas sinas in zijn hand. 'Echt vreselijk. Ik heb nog nooit iemand meegemaakt die zo vol is van zichzelf. Ze is ervan overtuigd dat ze geweldig kan schrijven, maar er komt geen goeie zin uit. Erg vermoeiend. Van iemand die zo veel praat zou je toch verwachten dat ze in elk geval een dialoog kan schrijven.' Hij schudt zijn hoofd en neemt een slok. Ik begrijp hoe hij zich moet voelen. Ik ken Lucy en weet dat ze onmogelijk is om mee samen te werken, wat dat betreft heb ik nog geluk gehad met Nicole.

'Joh, het komt vast wel goed.' Maar ik begin me nu ook wel een beetje zorgen te maken. Thomas is normaal gesproken altijd hartstikke positief. Daarbij kan hij echt schrijven. Het zal toch niet gebeuren dat hij er straks uit ligt door Lucy? Dat zou zó oneerlijk zijn.

Ik zie hoe de rest weer naar de workshopruimte loopt en ook Thomas en ik gaan erheen.

Net voor we de zaal binnengaan pakt Thomas me bij mijn elleboog. 'Heb je zin om volgende week weer wat af te spreken?' Hij knipoogt en zijn ogen twinkelen.

Wat een vraag. Natuurlijk wil ik wat afspreken! De afgelopen twee weken hebben Thomas en ik regelmatig gewhatsappt en gemaild. Zelfs Roos maakte er op een gegeven moment een opmerking over, maar gelukkig hield ze zich in als Ymke en Lucy in de buurt waren.

Uiteraard begon Ymke over onze ontmoeting op het station en dat ze daar Thomas had gezien. Lucy zei niets, maar ik zag aan haar ogen en samengeperste lippen dat ze niet blij was. *Jaloers kreng.* Gisteren heeft Ymke nog gevraagd of Thomas en ik soms iets hebben, en of we al gezoend hebben. Ze had een vreemde blik in haar ogen, maar ik haalde alleen maar mijn schouders op. Het gaat haar niets aan. Daarbij, eigenlijk weet ik het zelf ook niet. Hebben Thomas en ik iets? Betekenen die kus, ons mailcontact en de vraag om weer wat af te spreken dat we nu verkering hebben?

Mijn hersenen maken overuren. Mijn ouders zijn die zaterdag de hele dag weg. Limburg, op bezoek bij mijn opa. Ik wil niet mee. Ik moet er niet aan denken om uren met mijn ouders in de auto te zitten. Dat gaat geheid fout of het wordt weer zo'n rit waarin niemand een woord zegt.

'Waarom kom je niet bij mij langs?' De woorden zijn eruit voor ik het weet en ik schrik er een beetje van. Wat zullen mijn ouders hiervan vinden? Ze vinden het al niets dat ik niet mee wil naar opa en alleen thuis blijf. Thuis zie ik ze nooit, maar als ze weggaan moet ik plotseling mee. Hoezo ingewikkeld.

Ik hoef ze toch niets te vertellen? Inderdaad. Ik hoef ze niets te vertellen en ik besluit dan ook om dat niet te doen. *Wat niet weet, wat niet deert.* Dapper lach ik naar Thomas, die mijn uitnodiging aanneemt.

De rest van de workshop zit ik met vlinders in mijn buik. Vergeten zijn alle vervelende dingen. Thomas komt volgende week zaterdag bij mij thuis. Ik kan niet wachten om het Roos te vertellen. Mijn dag kan niet meer stuk en met een grote glimlach op mijn gezicht loop ik mee met een van de schrijfcoaches om te praten over de schrijfopdracht van deze maand. De dialoog. Lastig om te schrijven, maar op dit moment maak ik me niet druk. Mijn gedachten dwalen steeds af naar Thomas...

De volgende ochtend begin ik meteen aan de opdracht, maar het is moeilijker dan ik had verwacht. Het idee dat ik in mijn hoofd heb komt niet goed op papier. Eigenlijk is er maar één dialoog die lukt en dat is die tussen mijn moeder en mij. Onze ruzie van een paar weken geleden. Elke keer dat ik iets anders probeer te verzinnen, kom ik weer uit bij die ruzie.

Zuchtend scheur ik de dialoog uit mijn schrijfblok en gooi de prop papier met een boog in de prullenbak. Als het met schrijven niet lukt, kan ik altijd nog basketballer worden. Dan bedenk ik met veel pijn en moeite een dialoog tussen twee zussen, en al ben ik er niet echt tevreden mee, ik stuur hem toch drie dagen voor de deadline in. Vanaf zaterdag kan er pas gestemd worden, maar ik ben niet van plan om er nog iets aan te veranderen. Het is goed zo.

Die avond is de hele klas uitgenodigd bij een van mijn klasgenoten. Een soort vervroegd oudejaarsfeestje. Het is hartstikke gezellig en natuurlijk wordt er ook over de wedstrijd gesproken. Inge, een meisje uit de klas, vraagt van alles over de workshops, de nieuwe opdracht, maar ook over Thomas. Of hij een vriendin heeft. Blijkbaar vindt ze zijn foto leuk. Ik heb nog nooit echt met haar gesproken en haar interesse verbaast me een beetje. Een stukje verderop staat Roos met een paar andere leerlingen te praten. Lucy hangt naast hen tegen een boekenkast aan. Ze houdt alles nauwgezet in de gaten en hoewel ik niet op haar probeer te letten, word ik er een beetje zenuwachtig van. Waarom bemoeit ze zich niet met haar eigen zaken?

Op dat moment wurmt Ymke zich opeens tussen Inge en mij in, waarbij een deel van haar cola op mijn broek belandt.

'Jezus, Ymke. Kijk even uit, joh!' Boos duw ik haar arm met daarin het glas weg. Maar het is al te laat. De cola dringt razendsnel door mijn broekspijp heen en ik voel hoe de spijkerstof zich plakkend vastbijt aan mijn bovenbeen. Geërgerd kijk ik naar Ymke, die zich er niets van aan lijkt te trekken. Er kan zelfs geen 'sorry' af.

'Hoe gaat het eigenlijk met jou en Thomas na jullie date laatst? Hebben jullie soms nog afgesproken binnenkort? Of heeft hij al een vriendin?' Nog steeds geïrriteerd kijk ik haar weer aan en zie tegelijkertijd hoe Inge nieuwsgierig meeluistert.

'En bedankt voor de excuses.' Ik trek aan de pijp van mijn broek. 'Ik heb hier ook niet zo'n zin in, als ik eerlijk ben. We zijn allebei druk bezig met schrijven en ik weet echt niet of hij al een vriendin heeft.' Zuchtend sta ik op. 'En als je het niet erg vindt ga ik er nu vandoor. Mijn broek is kletsnat.' Wat denkt ze wel niet? En dan ook nog in het bijzijn van Inge. Is ze soms niet goed bij haar hoofd? Zoiets doe je toch niet bij een vriendin?

Opnieuw denk ik aan Thomas. Natuurlijk heeft hij geen vriendin. Anders kust hij toch niet met een andere meisje?

'Hoezo weet je niet of hij een vriendin heeft? Niet zo bescheiden hoor, Ana. Volgens mij weet jij heel goed of Thomas een vriendin heeft.' Lucy heeft een paar passen onze kant op gedaan en staat nu met haar armen over elkaar naast de bank. *Wat een trut is het toch!* Maar het kwaad is al geschied. Ik zie Inge lachen en iets in Ymkes oor fluisteren. Ik probeer het te negeren en richt me weer op Lucy.

'Ik weet niet wat je bedoelt. Maar als je per se wilt weten of Thomas een vriendin heeft, waarom vraag je hem dat dan niet zelf? Jij hebt afgelopen zaterdag toch de hele tijd samen met hem aan die opdracht gewerkt? Hij zei dat je de hele tijd maar zat te kletsen, misschien had je meer moeten luisteren?'

Voor ik echt boos word draai ik me om. *Barst toch allebei.* Ik moet weg hier, voor ik in een ruzie beland. Lucy kan vlijmscherp zijn, daar ben ik niets bij. Snel loop ik naar de gang om mijn jas te pakken. Ik zie hoe Roos gauw afscheid neemt en me daarna achterna rent.

'Ik zal het hem vragen, Ana,' roept Lucy me poeslief na. 'Maar volgens mij weet je het antwoord al. Wanneer heb je ook alweer afgesproken? Zaterdag toch?'

Witheet draai ik me om. Ze moet ons hebben afgeluisterd. Ik dacht dat iedereen alweer in de zaal was toen Thomas en ik afspraken, maar blijkbaar heb ik me vergist. Ik zie Lucy lachend weglopen. Woedend staar ik haar na en dan kijk ik recht in Ymkes ogen. Ze zegt niets, maar ze heeft weer zo'n aparte blik in haar ogen. Wat gaat er toch in haar om?

Even aarzel ik, dan trek ik Roos, die inmiddels naast me staat, aan haar arm. 'Kom op, joh. Laten we gaan. Hier heb ik geen zin in!'

Samen lopen we naar buiten. Lucy en Ymke kunnen allebei barsten. Met zulke vriendinnen heb je geen vijanden meer nodig.

Als ik de volgende dag wakker word, ben ik nog kwaad. Wie denken Lucy en Ymke wel dat ze zijn? Met hun opmerkingen over Thomas en hun achterlijke, nieuwsgierige gedrag.

Lucy is gewoon jaloers en Ymke trekt alleen maar partij voor haar nichtje. Tsss, alsof dat alles goedmaakt...

Boos haal ik mijn laptop uit de slaapstand. Vrijwel meteen zie ik dat er mail in mijn inbox zit. Het is van een van de juryleden en verbaasd en een beetje angstig klik ik de e-mail open.

Hallo Ana,

Dank je voor het insturen van je verhaal. Drie dagen eerder dan verwacht. Ik heb je dialoog gisteren doorgelezen en de andere juryleden ook. Het is zeker geen slechte dialoog. Leuk hoe je die twee zussen verschillend laat zijn en in hun woordkeuze toch weer hetzelfde. Niet slecht dus, maar zeker niet van het niveau dat we van jou verwachten.

Wat we missen is de emotie die in jouw eerdere verhalen juist zo goed naar voren komt. Tijdens het hele gesprek blijft de lezer toeschouwer, in plaats van meegetrokken te worden in de emotionele spanning die er tussen de twee zussen ontstaat. Kortom, het is technisch goed geschreven, maar dat wat een verhaal een typisch 'Ana Bootsma-verhaal' maakt, ontbreekt. Omdat je nog twee dagen hebt tot de deadline, willen we je de kans geven om een nieuwe dialoog in te sturen. Aan jou de keuze. Niets moet. Ons advies: laat zien wat je kunt en wie je bent. Wij geloven in je, de lezers geloven in je – nu moet jij alleen nog geloven in jezelf.

Succes!

Sandra Grooten
Uitgeverij Jongster, jurylid Imagine!

Ik staar naar mijn beeldscherm. Ergens ben ik niet verrast. Ik was zelf ook niet tevreden met mijn inzending, maar wat moest ik dan?

In de prullenbak ligt nog een dialoog. Het stemmetje in mijn hoofd klinkt zacht, maar toch net te luid om te negeren. Ik sta langzaam op en loop naar de bak, waarin verschillende proppen papier liggen. Na twee keer mis te hebben gegrepen, heb ik het juiste vel in mijn handen. Voorzichtig strijk ik het glad en ik leg het naast mijn computer. Wat moet ik doen?

Dan open ik een Worddocument en begin te typen. In mijn hoofd heb ik allang een beslissing genomen. En tegen beter weten in hou ik mezelf voor dat mijn moeder met een beetje geluk mijn verhalen toch niet leest. Sinds onze ruzie praat ze er nauwelijks over en toen ik doorging naar de volgende ronde werd dat ook compleet genegeerd. Door mijn moeder dan; van mijn vader kreeg ik een schouderklopje: 'Goed gedaan, meid.' Maar daar bleef het bij. Best teleurstellend, maar aan de andere kant: mijn vader is niet zo'n prater.

Na twee uurtjes schrijven heb ik de hele ruzie op papier. Daarna bel ik Roos. Misschien dat zij me nog wat advies kan geven.

'Ik weet het niet, Ana. Ik zou het gewoon insturen. Kun je het anders niet nog wat aanpassen, zodat het minder herkenbaar is?'

Roos heeft een punt. Wat als ik de woorden nu eens niet zo letterlijk overneem, maar wel alle emotie gebruik die ik tijdens de ruzie voelde?

'Maak er een dialoog van tussen een moeder en een dochter en dat de nieuwe vriend van die moeder dan alle aandacht krijgt.'

'Dat zou kunnen werken,' zeg ik aarzelend. En nadat ik me door haar heb laten overhalen, hang ik op.

Met nieuwe moed ga ik achter de laptop zitten en herschrijf de dialoog. Nu nog een pakkende titel en dan ben ik klaar. Een zin uit de dialoog. Ik moet er zelf een beetje om lachen en ben heel benieuwd hoe iedereen zal reageren. Ik klik op verzenden.

Toch zit het me niet helemaal lekker. Natuurlijk zullen lezers de link met mijn moeder niet meteen leggen, en mocht dat wel zo zijn, dan kan ik het in elk geval makkelijk ontkennen. Maar dat zal zeker niet lukken bij mijn moeder. Die zal de situatie meteen herkennen en dan is het natuurlijk weer bal.

Mijn moeder kan behoorlijk zeuren, maar diep in mijn hart weet ik ook wel dat ik met dit verhaal misschien net een stapje te ver ga. Wat als dit te veel voor haar wordt? *Wanneer is iets niet te veel voor haar?* Maar ik begin toch te twijfelen. Misschien had ik even moeten wachten met insturen. Ik heb immers nog twee dagen. Maar ik weet ook dat de extra tijd niets uitgemaakt had. Dit is het verhaal dat ik wil vertellen en dit is het verhaal waar ik zelf in geloof. En met een klap sluit ik mijn laptop. Nu is het afwachten.

Al meer dan een uur zit ik achter de computer. Af en toe ga ik naar mijn Facebookpagina, om vervolgens tegen beter weten in weer terug te gaan naar de website van Imagine! Nog vijf minuten en dan is het eindelijk elf uur en zijn de nieuwe verhalen voor deze maand weer te lezen. Ik ben nieuwsgierig. Ik wil weten wat die trut van een Ana deze keer heeft geschreven.

Opnieuw ga ik naar de pagina waar de verhalen straks zullen staan. Nog steeds niets, terwijl de klok op mijn computer al twee minuten over elf aangeeft.

'Wat een...' En net voor ik er iets uit wil gooien waar mijn ouders niet blij mee zullen zijn, zie ik dat de pagina wordt ververst. De verhalen zijn gepubliceerd en iedereen kan weer lezen en stemmen. Bovenaan staat het verhaal van Ana. De titel: 'Moet ik soms eerst ballen krijgen?' Ik frons mijn wenkbrauwen. Ze weet in elk geval de aandacht te trekken. Wat een verrassing! Dan klik ik op de link naar het verhaal en begin te lezen.

'Hoezo aandacht! Ik krijg hier al jaren geen aandacht meer! Je bent alleen maar bezig met die sukkel van een Dave! Hoe het met mij gaat interesseert je niet. Alles draait om Dave! En hij is nog lelijk ook!' Gillend staat Joyce tegenover haar moeder, die in één klap stil is. Maar Joyce kan niet meer stoppen. Tranen stromen over haar wangen en happend naar lucht gaat ze verder.

'Je ziet me helemaal niet meer staan, mam! Ik doe er niet meer toe. Het is eigenlijk een wonder dat je nog weet hoe ik heet. Weet je dat eigenlijk nog wel?!' Ergens voelt Joyce dat ze te ver gaat, maar maanden van opgekropte boosheid komen er nu uit.

'Al je aandacht gaat naar Dave. Leuke, aardige Dave. Dave, Dave en nog eens Dave, en ondertussen besta ik niet meer voor jou. Wat ik ook doe, je ziet het niet eens. Verdomme mam, je weet niet eens hoe het met me gaat en waar ik me mee bezighou. Moet ik soms eerst ballen krijgen voor je mij ziet staan?'

'Kut!' Ik kan de vloek niet onderdrukken en hoop dat mijn moeder niet toevallig op de overloop is. Mijn deur is dan wel dicht, maar dat zegt niets. Mijn moeder hoort alles.

Ik lees het verhaal nog een keer over. En zie dan de teller onder het verhaal. Er wordt al gestemd en zo te zien valt Ana's verhaal in de smaak. Het is toch niet te geloven!

Ik kan het niet meer aanzien en klik de website weg. Dit kan zo niet langer. Er moet iets gebeuren. Ik open mijn mailprogramma en begin te schrijven. Ik kan namelijk ook schrijven, Ana. En veel beter dan jij. In gedachten zie ik haar voor me. Nu is ze nog gelukkig, maar als het aan mij ligt komt daar snel verandering in. Het is gewoon een kwestie van voorbereiding en geduld. Heel veel geduld. Mijn schrijfsels doen namelijk ook iets met mensen. Ze zetten mensen aan tot actie. En deze situatie vereist actie. Actie en geduld. De perfecte combinatie. Glimlachend klik ik op 'send' en kijk toe hoe mijn e-mail verdwijnt. Dan sta ik op. Tijd om te douchen. Het wordt een drukke, maar vooral interessante dag en neuriënd loop ik naar de gang. Als Ana eens wist…

Hoofdstuk 10

Zenuwachtig loop ik heen en weer. Ik heb de huiskamer al wel honderd keer gecontroleerd, maar elke keer loop ik opnieuw van kamer naar kamer. Alles is netjes, er ligt geen troep en ik heb de rondslingerende spullen van mijn ouders opgeruimd. Ook mijn slaapkamer ziet er netjes uit, net als de keuken.

Ik kijk op de grote klok in de huiskamer. Bijna half een. Thomas kan er elk moment zijn. Het was vanmorgen nog even spannend, mam voelde zich niet lekker en wilde bijna niet gaan. Uiteindelijk wist mijn vader haar over te halen. Tenslotte zijn ze er al bijna drie maanden niet geweest en met de aankomende kerstdagen kunnen ze het eigenlijk niet maken om niet langs te gaan.

En dan was er nog dat telefoontje van Ymke. Vlak voor mijn verhaal gepost werd op internet. Of ze langs kon komen. *Gezellig.* Ik heb haar afgewimpeld, zeker na dat gedoe op dat feestje laatst, maar ik blijf er een raar gevoel bij houden. Waarom weet ik niet goed, maar vreemd is het wel. Ymke is al tijden niet meer bij mij thuis geweest. Waarom ze nu opeens langs wil komen? In de kerstvakantie? Al sla je me dood. Vandaag is mijn dag met Thomas. Daar komt niets tussen en zeker geen Ymke.

Ik kijk nog eens om me heen. Alles is anders en toch hetzelfde. Ergens is het wel jammer dat ons vriendinnengroepje zo goed als uit elkaar is gevallen. Na Roos' feestje ging het al niet zo goed, maar de wedstrijd heeft toch wel de meeste schade aangericht. Lucy spreek ik nauwelijks nog, en als ze al wat zegt is het meestal een rotopmerking zoals tijdens het vervroegde oudejaarsfeestje. En met Ymke is dat min of meer hetzelfde. Waarschijnlijk trekt die partij voor Lucy. Lucy die altijd wel een manier verzint om de aandacht naar zich toe te trekken. *Of ze probeert stiekem in je schrijfblok te kijken.* Een tijdje geleden heb ik Lucy in de kantine betrapt terwijl ze in mijn tas zat te rommelen. Tenminste, daar leek het op. Helemaal zeker weet ik het niet, want toen ik terugliep met mijn kop thee was ze weer gaan zitten. Druk bezig met haar mobieltje. De allernieuwste iPhone, iedereen moest het weten. Van haar ouders gekregen omdat ze door was naar de volgende ronde. Alsof iemand dat iets kon schelen. Maar ergens steekt het ook wel een beetje. Op het schouderklopje van mijn vader na wordt er thuis zo min mogelijk aandacht aan mijn deelname besteed.

Lucy kon altijd al goed overdrijven, maar sinds de wedstrijd stelt ze zich echt enorm aan. Alsof ze beter is dan de rest. De volgende Mel Wallis de Vries of Judith Visser zeker. *Mocht ze willen.* Je zou toch denken dat je jezelf wel een beetje rustig houdt als je zo weinig stemmen krijgt. Maar Lucy niet. In Lucy's wereld is alleen zij belangrijk. *Drama queen.* Het is nog een geluk dat ze niet kan zingen, anders had ze zeker een keer meegedaan aan *X Factor* of *The Voice.*

Vanmorgen kreeg ik zowaar een mailtje van haar. Om me te feliciteren met mijn verhaal. Lekker oprecht. Na al dat gedoe twee dagen geleden. *Alsof ik daarin trap, ze is zo doorzichtig.* Ik sla een denkbeeldig pluisje van de bank. De beige bank die mijn moeder een jaar voor

Daniëls dood heeft gekocht. In gedachten zie ik hem opgekruld in de verste hoek liggen. Zijn favoriete plek om in slaap te vallen. Om vervolgens door mijn moeder naar bed te worden gebracht. Mijn vader was meestal nog op kantoor.

Dan gaat de deurbel. Hij is er. Ik kijk nog een keer om me heen en schudt alle gedachten over Lucy, Ymke, Daniël en mijn ouders van me af. Alles ziet er perfect uit. In mijn buik fladdert er van alles rond en snel loop ik naar de voordeur.

'Hé, daar ben ik dan.' Met een grote glimlach geeft Thomas me een knuffel en stapt dan naar binnen. Hij ziet er zoals altijd weer superleuk uit en samen lopen we naar de keuken. In zijn hand heeft hij zijn mobiel. Blijkbaar heeft hij net nog zitten mailen, sms'en of iets dergelijks. *Irritant.* Maar lang blijf ik er niet bij stilstaan. Er zijn belangrijkere dingen.

'Goeie dialoog heb je geschreven.' Terwijl ik een glas cola voor ons inschenk, kijk ik over mijn schouder naar Thomas, die ondertussen op een van de krukken in de keuken is gaan zitten. Hij haalt zijn schouders op.

'Ik heb mijn best gedaan. Hopelijk is het voldoende. Die opdracht van vorige week samen met Lucy telt ook nog mee.' Hij kijkt er een beetje sip bij.

Snel geef ik hem zijn glas en ga tegenover hem zitten. 'Het komt best goed. De vakjury beoordeelt die verhalen en volgens mij kunnen die heus jouw werk en dat van Lucy wel uit elkaar halen.' Zwijgend neemt Thomas een slok en geeft dan antwoord: 'Ik begrijp het ook niet helemaal, hoor. Heb je het verhaal van Lucy vanmorgen gelezen? Het is niet fantastisch, maar zeker stukken beter dan het werk van afgelopen zaterdag. Er kwam echt geen normale zin uit haar pen.'

Eerlijk gezegd heb ik vanmorgen maar heel even naar de verhalen gekeken. Dat van Thomas heb ik gelezen, maar op dat van Lucy heb ik slechts een vluchtige blik geworpen. Voor mij is het al ruim twee maanden een raadsel hoe Lucy het voor elkaar krijgt om in de wedstrijd te blijven.

'Hoe gaat het verder met jou? Lukt het een beetje met je ouders?'

Wat moet ik daar nou op zeggen? Ik heb hem de vorige keer verteld over de spanningen thuis, zeker nu ik meedoe met de wedstrijd, maar ik heb Thomas niets verteld over de ruzie, en de link met het verhaal legt hij blijkbaar ook niet. Dat stelt me enigszins gerust, maar aan de andere kant weet ik dat het niets uitmaakt. Mijn moeder zal die link zeker wél leggen en dan zijn de gevolgen niet te overzien. *Misschien leest ze het verhaal niet.* Maar ergens weet ik wel beter. Het is gewoon een kwestie van tijd.

'Het gaat wel.' Ik kijk naar mijn handen.

Thomas kijkt me onderzoekend aan. 'Weet je het zeker?' Hij legt zijn hand op die van mij. Het voelt alsof er een bliksemflits door mijn lichaam gaat en even moet ik de neiging om mijn hand weg te trekken onderdrukken. Eigenlijk vind ik het best wel fijn, maar tegelijkertijd voel ik tranen opkomen.

'Hé, gaat het wel?' Bezorgd staat Thomas op en loopt om het kookeiland heen. Hij slaat zijn arm om mijn schouder. Iets wat hij beter niet had kunnen doen, want nu beginnen de tranen pas echt te stromen. Snikkend probeer ik ze weg te vegen. Ik voel me zo stom. Wat moet hij wel niet denken? Maar Thomas denkt helemaal niets. Hij loopt weg en trekt een paar kastjes open. Hij vindt een glas en vult het met water.

'Hier, drink maar wat.' Hij gaat naast me zitten.

'Sorry.' Ik zet het glas voor me neer. 'Het is gewoon dat het lijkt of ik niet meer besta. Wat ik ook doe, het maakt niet uit.' Ik draai me half om naar Thomas en kijk hem aan. Hij knikt en pakt opnieuw mijn hand vast. 'Kun je dan echt niet met ze praten?'

Driftig schud ik mijn hoofd en voor ik het goed en wel besef vertel ik Thomas over de ruzie en de dialoog die ik geschreven heb. 'Als mijn moeder het leest ben ik nog niet jarig.'

Thomas geeft een klein duwtje met zijn schouder tegen die van mij. 'Joh, het valt waarschijnlijk best wel mee. Wie weet komt ze er niet eens achter. Ze praat toch nooit meer over de wedstrijd?'

Dat is waar. Mijn moeder heeft sinds onze ruzie haast niets over de wedstrijd gezegd. Misschien volgt ze het inderdaad niet, is het gewoon te pijnlijk. Ik besluit dat ik het onderwerp maar even laat rusten en vraag of Thomas zin heeft om naar boven te gaan. Ik zie een schittering in zijn ogen en mijn hart slaat een extra slag. Ik heb nog nooit een jongen meegenomen naar mijn kamer. Sterker, ik ben nog nooit alleen met een jongen thuis geweest. *Behalve Daniël dan.*

Eenmaal op mijn kamer verontschuldig ik me direct voor het tekort aan ruimte, maar Thomas wuift mijn woorden lachend weg. Daarna gaat hij op mijn bed zitten en klopt naast zich. Ik voel mijn wangen gloeien, maar trek me er niets van aan en ga zitten.

'Dus hier verzin jij al je verhalen?' Thomas kijkt nog een keer om zich heen. Alsof mijn kamer geheimen verstopt die je zo op het eerste oog niet ziet.

'En in de bibliotheek. Ik schrijf veel in de bibliotheek. Lekker rustig, en als ik wat wil opzoeken dan liggen er tig boeken onder handbereik.' Ik hou ervan om in de bibliotheek te zijn. Ik kom er zeker een paar keer per week. Om te lezen, te schrijven of even achter de computer te zitten.

Net voor ik nog iets wil zeggen gaat mijn mobiel. Het is Roos. Ik lach verontschuldigend naar Thomas en neem op.

'Beste vriendin,' fluister ik zachtjes en ik wijs naar mijn telefoon. Hij knikt begrijpend.

Natuurlijk heb ik Roos verteld dat Thomas vandaag langs zou komen, dus ik vraag me af waarom ze belt.

'Hé Roos, is het dringend? Ik ben een beetje druk.' Ik kijk met een schuin oog naar Thomas, die ondertussen zijn mobiel er maar weer bij heeft gepakt en driftig op het scherm zit te tikken.

'Ja, sorry. Ik weet het, maar dit moet je echt horen. En dat vriendje van je trouwens ook.' Roos klinkt erg opgewonden. 'Lucy is uit de wedstrijd gezet!'

'Lucy is uit de wedstrijd gezet!' Ik vertel het nieuws meteen aan Thomas.

'Wát?!' Thomas kijkt stomverbaasd op. Hij is zijn mobiel op slag vergeten.

'Het staat op de website. Blijkbaar twijfelt de vakjury eraan of ze haar verhalen wel zelf schrijft. Daar lijkt het tenminste op. Ze hebben het in mooie woorden verpakt, maar daar komt het wel op neer.' Met mijn telefoon tussen mijn oor en mijn schouder sta ik op en loop naar mijn laptop. En inderdaad: Lucy is uit de wedstrijd gezet. Ik voel dat Thomas achter me is komen staan en over mijn schouder meekijkt.

Samen lezen we de verklaring van de jury. Roos heeft gelijk. Het staat er niet met zoveel woorden, maar het lijkt er inderdaad op dat de jury zijn twijfels heeft bij het werk van Lucy. *Surprise, surprise.* Thomas en ik kijken elkaar met een veelbetekenende blik aan en na nog een paar woorden met Roos te hebben gewisseld hang ik op.

Na de mededeling nogmaals te hebben gelezen gaan Thomas en ik weer op bed zitten. Natuurlijk praten we over Lucy. Haar uitschakeling komt wel een beetje als een schok. Meteen vragen we ons ook af wat het betekent voor de gezamenlijke opdracht die Thomas met Lucy gedaan heeft. Hoe gaan ze die nu beoordelen? We bespreken allerlei scenario's. Af en toe raakt Thomas mijn wang aan en één keer duwt hij me in een speelse bui achterover op het bed. Hij buigt zich voorover en duwt zijn lippen op die van mij. Warm, zoet, lekker. Dan is het moment weer voorbij en kletsen we verder alsof er helemaal niets is gebeurd. Gewoon een incidentje, net als een paar weken geleden.

En zo vliegt de tijd voorbij. Ik zie op mijn wekker dat het alweer vijf uur is en terwijl ik opsta om me even uit te rekken kijk ik Thomas aan.

'Wil je misschien de rest van het huis zien?'

Ook Thomas staat nu op. 'Best.'

Samen lopen we naar de gang. Snel laat ik hem de kleine bibliotheek op zolder zien en daarna de logeerkamer, de badkamer en zelfs de slaapkamer van mijn ouders. Giechelend staan we in de deuropening en maken grapjes over het dekbed. Mijn moeder houdt van bloemen. In een vaas en op bed. We lopen terug naar mijn kamer.

'Wat zit er achter deze deur?' Ik sta stil en kijk om. Thomas wijst naar de deur van Daniël. De deur die altijd op slot zit.

'Dat is Daniëls kamer. Die zit op slot.' Opeens lijkt het of er iets zwaars in de lucht hangt. De pret van daarnet is verdwenen.

Thomas blijft staan. Hij zegt niets, maar kijkt me alleen maar aan. Ik word er zenuwachtig van. Eigenlijk wil ik gewoon doorlopen, maar ergens voelt dat ook een beetje vreemd. Ik heb Thomas inmiddels zo veel verteld, natuurlijk verwacht hij nu iets. *Maar niet de kamer van Daniël!* Ik doe een stap naar voren en glij met mijn hand over de richel boven de deur. Daar ligt de sleutel, en terwijl ik het metalen ding met mijn vingers vastpak en in het sleutelgat steek, twijfel ik nog een keer. Waar ben ik in godsnaam mee bezig? Iemand van buiten in Daniëls kamer laten. Over taboe gesproken. Toch draai ik de sleutel om. *Zolang niemand het weet.*

Als de deur openzwaait kijk ik Thomas nog een keer aan. Zijn groene ogen glinsteren mysterieus. *Onweerstaanbaar.* Dan doe ik een stap naar voren. Soms kom ik hier als mijn ouders het niet merken, maar nog nooit ben ik hier met iemand anders geweest. Zelfs niet met Roos.

Het is schemerig in de kamer en er hangt een lichte, zoete geur. De geur van lotion. Die waarmee mijn moeder hem altijd insmeerde als hij 's avonds uit bad kwam. Het overvalt me en bijna heb ik het gevoel dat Daniël elk moment binnen kan lopen.

Ik kijk hoe Thomas de kamer in loopt en langzaam een rondje draait. Net als in mijn kamer neemt hij alles in zich op. Dan loopt hij naar de speeltafel, waar Daniëls laatste bouwwerk van lego nog staat. Een laagje stof verraadt de afwezigheid van de eigenaar.

'Niet aanraken!' Van schrik doe ik een stap naar voren. Thomas staat op het punt om een van de lego-stukken op te pakken. Waarschijnlijk wil hij het van dichtbij bekijken, maar dat kan niet! Niemand mag aan Daniëls spullen komen. Niet alleen omdat het niet mag van mijn moeder, maar ook omdat ik het zelf niet wil.

Ik zie hoe Thomas geschrokken zijn hand terugtrekt. 'Sorry. Ik dacht er niet bij na.'

Hij loopt naar me toe en kijkt me aan. Opnieuw schieten er tranen in mijn ogen. *Niet weer.* Thomas staat heel dicht bij me en doet nog een pasje in mijn richting. Dan pakt hij mijn kin vast en trekt mijn hoofd naar zich toe. Ik weet dat dit niet goed is. Niet hier. Niet in de kamer van Daniël, maar ik ben zwak en laat me leiden door Thomas, en als zijn lippen de mijne raken sluit ik mijn ogen. Veilig in onze eigen wereld.

Vergeten is de plek waar we zijn, vergeten zijn de zorgen om mijn moeder. Nu denk ik alleen nog maar aan Thomas. Thomas en zijn goddelijke lippen.

'Wat is hier in godsnaam aan de hand!' Geschrokken laat ik Thomas los en kijk naar de deur. Wit weggetrokken kijkt mijn moeder ons aan.

'Ana. Ik vraag je wat! Waar ben jij mee bezig en wat doe je in Daniëls kamer?!' Mijn moeders gezicht wordt langzaam rood. Ik kijk Thomas aan en zie dat ook hij geschrokken is.

'Het spijt me, mevrouw. Het is mijn schuld.' Thomas doet een stap naar voren, maar mijn moeder kijkt hem woedend aan. Stokstijf blijft hij staan.

'Ik weet niet wie jij bent, maar ik weet wel dat je hier niet hoort. Zou je meteen willen vertrekken?!'

Verward kijkt Thomas mijn kant op. 'Sorry, Ana. Ik spreek je later, oké?' Hij stapt langs mijn moeder de gang in en ik hoor hoe hij de trap af loopt. Even later slaat de voordeur dicht. Te verbijsterd om iets te doen blijf ik staan.

'En nu die kamer uit!' Mijn moeder doet een stap opzij en slaat haar armen over elkaar. Zwijgend loop ik langs haar heen. Waarom is ze al thuis? En waar is pap?

'Ik weet niet waar jij mee bezig bent, Ana. Eerst dat stiekeme gedoe met die schrijfwedstrijd waardoor iedereen nu weet hoe het hier thuis allemaal gaat, dan jouw vreselijke opmerking van een tijdje terug, en nu sta je met een vreemde jongen te zoenen in Daniëls kamer! Je hebt geluk dat je vader nog even naar de benzinepomp is, want anders…' Met een klap slaat mijn moeder Daniëls kamerdeur dicht en doet hem op slot. Ze steekt de sleutel in haar zak en verbreekt daarmee het enige contact dat ik nog met mijn broertje heb. Mijn nachtelijke bezoekjes aan zijn slaapkamer. *Voltooid verleden tijd.*

'Mam…'

'Hou je mond! Ik wil niets meer van je horen. De rest van de kerstvakantie heb je huisarrest. Ik laat niet met me sollen! Heb je me gehoord?'

'Waar slaat dat nou op!' Boos kijk ik haar aan. 'Ik ben veertien jaar, mam. Bijna vijftien! Ik ben geen klein kind meer!'

'Gedraag je dan ook niet als een klein kind. Zolang jij zo kinderachtig bent om onze ruzies in jouw verhalen te verwerken, zie ik niet in waarom ik jou als een volwassene zou moeten behandelen.' Met open mond staar ik haar aan.

'Ja, je hoort het goed. Ik heb je verhaal gelezen. Bij opa. Heel fijn, hoor. Je kon het weer niet laten, hè. De hele wereld moet weten wat er hier allemaal gebeurt.'

Ik probeer haar uit te leggen dat niemand begrijpt dat het over onze ruzie gaat, maar precies zoals ik al verwacht had hoort ze het niet. Ze wil niet luisteren. *Ze kan niet luisteren.*

'Ik ben ontzettend teleurgesteld, Ana. Ik had dit niet van je verwacht.' Mijn moeders stem klinkt opeens een stuk zachter. Bijna verdrietig. Ze kijkt naar Daniëls deur en ik zie tranen in haar ogen. Ze lijkt opeens zo kwetsbaar. Alleen. Net als ik.

Ze voelt zich verraden. En terecht, want ondanks mijn boosheid weet ik dat ze ergens wel gelijk heeft. Ik had Thomas nooit Daniëls kamer mogen laten zien. Sommige dingen zijn niet voor anderen. Dat zou ik toch moeten weten. En die dialoog had ik ook nooit moeten insturen. Zelfs niet na de mail van de jury. Waarschijnlijk had ik het met die andere dialoog ook wel gered. En anders maar niet. Het had in elk geval een hoop ellende voorkomen.

Ik probeer nogmaals om met mijn moeder te praten, maar ze draait zich om.

'Laat maar zitten, Ana. Ik heb er even geen zin meer in. Je weet het blijkbaar allemaal beter. Misschien is het ook wel allemaal mijn schuld. Eerst Daniël, dan je vader die het op zijn werk blijkbaar gezelliger vindt dan thuis en nu jij...' Ze kijkt langs me heen. Ze heeft een rare blik in haar ogen.

'Misschien is iedereen wel beter af zonder mij.' De laatste woorden klinken als gefluister en geschrokken kijk ik haar aan. Maar ze heeft geen oog meer voor mij en loopt weg. Zonder verder nog iets te zeggen. Als haar slaapkamerdeur dichtvalt sta ik nog steeds in de gang. Ik haat mezelf.

Hoofdstuk 11

De rest van de kerstvakantie breng ik door op mijn kamer. Mijn moeder laat me met rust en zelfs mijn vader zie ik niet. Op de momenten waarop ik zeker weet dat mijn ouders niet beneden zijn, glip ik naar de keuken om iets te eten en te drinken. Het liefst zou ik naar Roos gaan, maar mijn moeder is duidelijk geweest. Huisarrest. Roos mag me zelfs niet komen opzoeken. Hoe het straks moet met de volgende workshop weet ik niet. Of ik nog mee mag doen evenmin, maar dat zie ik wel als het zover is. Mijn moeder roept wel vaker wat. En daarbij, die hele wedstrijd kan me op het moment gestolen worden. *En Thomas dan?* De gedachte aan Thomas brengt een glimlach op mijn gezicht en ondanks alle ellende begint het weer te kriebelen in mijn buik.

Tot afgelopen zondagavond hoorde ik niets meer van hem. De hele zaterdagavond en zondag daarvoor gierden de zenuwen door mijn lijf. Zelf durfde ik hem niet te mailen. Ik schaamde me dood. Wat moest hij wel niet van me denken?

Maar ik had me voor niets zorgen gemaakt. Thomas had niet eerder kunnen mailen, hij had zijn mobiel ergens laten liggen, en hij had zich juist hartstikke ongerust gemaakt. Het was een heel lief mailtje en hij had zelfs afgesloten met x Thomas. *En iedereen weet dat kruisjes voor kusjes staan.*

Nog twee dagen en dan is het eindelijk weer maandag. Ik was de afgelopen week maar wat graag naar school gegaan, om even te ontsnappen aan de spanningen thuis. Maar ik moest het zonder Roos doen, en zonder Thomas. Kerst en zelfs oudjaarsavond heb ik op mijn kamer gezeten. Mijn vader bracht nog wel een schoteltje met oliebollen en om twaalf uur kwam hij boven om samen met mij naar het vuurwerk te kijken. In stilte stonden we samen voor mijn slaapkamerraam. Mijn moeder bleef in haar slaapkamer. *Gelukkig nieuwjaar.*

En nu is het dus weer zaterdag en ik zit achter de computer. Elk moment kan de uitslag op de website worden gezet en weet ik of ik wel of niet door ben naar de volgende ronde. *En of Thomas door is.*

Lucy ligt er in elk geval uit. Reden: plagiaat. Alle andere kandidaten kregen na die bekendmaking op de website een mail van de Imagine!-organisatie. Volgens hen had Lucy besloten om bij de laatste opdracht, de dialoog, een stuk over te schrijven uit een of ander buitenlands boek. Een lezer had het stuk vrijwel direct herkend en een mail naar de organisatie gestuurd, en ze hadden het natuurlijk meteen gecontroleerd. *Hoe stom kun je zijn?* Daarna zijn haar andere twee stukken ook gecontroleerd en wat bleek: ook die waren grotendeels bijna letterlijk overgenomen uit bestaande stukken tekst.

Ik kan nog steeds niet geloven dat ze zoiets gedaan heeft. En ik begrijp het ook niet. Waarom doe je in hemelsnaam met een schrijfwedstrijd mee als je niet kunt schrijven?

Het heeft in elk geval voor veel opschudding gezorgd. Ze mag blij zijn dat het kerstvakantie is. Volgens Roos heeft Lucy zelfs geen contact met

Ymke gehad. Ondergedoken uit schaamte. Opnieuw klik ik op de webpagina. Het is zover, de uitslag is binnen en opnieuw zie ik mijn naam staan. Ik ben door! Yes! Vlug laat ik mijn ogen naar beneden glijden. Thomas staat op de eerste plaats. Hij is dus ook door. In totaal zijn er nu nog vijf kandidaten over. Simon en Aukje, twee oudere kandidaten, zijn afgevallen. Best jammer. Simon kon tijdens de workshops soms zo droog uit de hoek komen. *Vooral als Lucy zichzelf weer eens belachelijk maakte.* Omdat Lucy ook is uitgeschakeld zijn er deze maand niet twee, maar drie kandidaten afgevallen. Thomas, Myrthe, Anne-Jan, Nicole en ik zijn nog over.

Al snel ben ik aan het mailen, facebooken en skypen met Roos. Wat moet ik anders? De eerdere blijdschap is alweer snel verdwenen als ik aan de situatie met mijn moeder denk.

Hoe het allemaal verder moet weet ik nog niet, maar als ik even later een whatsapp ontvang van Thomas voel ik me iets beter. We zijn door!

En hij heeft gelijk. Wat er ook gebeurt, we zijn in elk geval samen door.

De volgende dag krijg ik een mail van de organisatie met de nieuwe schrijfopdracht: schrijf een kort verhaal over iemand die een keuze moet maken. *Hoe toepasselijk.* Dan word ik naar beneden geroepen om te ontbijten. Zenuwachtig, maar ook een beetje opgelucht dat er blijkbaar weer samen wordt gegeten, loop ik naar beneden. Mijn moeder zit al aan tafel en mijn vader zet net het laatste bord neer.

Zonder iets te zeggen ga ik zitten en ik begin te eten. Het is doodstil. Niemand zegt iets. *Zolang je er niet over praat is het niet echt.* Maar ik haat de stilte. Hij voelt drukkend en gespannen en ik besluit om dan zelf maar het initiatief te nemen. *Even door de zure appel heen bijten. Iemand moet de eerste zijn.*

'Ik ben door naar de volgende ronde. Vandaag hebben we de nieuwe schrijfopdracht gekregen.' Zonder van mijn bord op te kijken neem ik snel nog een hap. Ik hoor mijn moeder even diep ademhalen, maar verder blijft het stil. Niemand zegt iets, bijna alsof ik onzichtbaar ben. De spanning is te snijden.

'Goed gedaan, Ana.' Mijn vader geeft me een knipoog en neemt dan weer een hap van zijn boterham. Bijna onhoorbaar adem ik uit. Eén zucht, meer niet, en ik hoop dat mijn moeder het niet gehoord heeft.

Het blijft echter stil en als ik zo onopvallend mogelijk naar mijn moeder kijk, zie ik dat ze nog niets heeft gegeten. Ze prikt met haar vork in een stukje brood. Dan legt ze haar vork neer en staart naar haar bord. Alsof ze er niet echt bij is.

Met tegenzin prop ik nog twee grote happen in mijn mond en dan vraag ik of ik van tafel mag. De opluchting van het samen eten is inmiddels vervangen door een ongemakkelijk gevoel. Na een kort knikje van mijn vader sta ik op en breng mijn bord naar de keuken. Ik heb het in elk geval verteld; wat mam ermee doet moet ze zelf maar weten. Maar leuk is het niet en verdrietig loop ik naar boven en ga op mijn buik op bed liggen. Mijn schrijfblok voor me en een pen in mijn hand. Ik weet niet hoe ik de situatie thuis moet oplossen en ik voel mijn ogen branden.

Gefrustreerd gooi ik de pen door de kamer. Ook het schrijfblok schuif ik van het bed. Met een doffe klap valt het op de grond. Dan beginnen de tranen te stromen en leg ik mijn hoofd op het kussen. Vandaag komt er niets van schrijven, dat is zeker.

Als de volgende dag de wekker gaat, ben ik blij dat het maandag is en dat ik naar school kan. De situatie thuis is onhoudbaar, en na de hele vakantie op mijn kamer te hebben gezeten, kan ik niet wachten om weer eens wat andere mensen dan mijn ouders te zien. Ook ben ik best wel nieuwsgierig naar de hele situatie met Lucy. Ik vraag me af of ze naar school komt en hoe ze zich zal gedragen.

In de keuken maak ik snel mijn brood klaar. Mijn moeder zit aan de huiskamertafel en kijkt naar buiten. Op mijn 'goeiemorgen' komt geen reactie en als ik gedag zeg voor ik wegga kijkt ze mij nietsziend aan. Het voelt alsof er een ijzeren band om mijn borstkas zit, die langzaam aangetrokken wordt. Steeds strakker en strakker, net zo lang tot ik geen lucht meer krijg. Pas als ik twee straten van huis ben, krijg ik weer wat lucht en raak ik het beklemmende gevoel een beetje kwijt. Ik heb liever dat mijn moeder boos is en schreeuwt dan deze nietszeggende leegte in haar ogen en het langdurige zwijgen.

Het is mijn schuld. Ik concentreer me op het fietsen. Ik wil naar school, vergeten wat er tijdens de vakantie gebeurd is. In de verte zie ik Roos rijden. Ze gaat net de bocht om en stevig trap ik door.

'Roos! Wacht even!' Terwijl ik op mijn trappers ga staan maak ik nog wat extra vaart en roep haar nog eens: 'Roos!'

'Hé, Ana. En hoe voelt de vrijheid?' Roos lacht. Voor haar is het leven één groot feest. Zorgeloos, zonder al te veel problemen. *En met leuke, liefhebbende ouders.*

Terwijl we samen verder fietsen naar school praten we over de ruzie met mijn moeder. Natuurlijk zegt Roos dat het allemaal wel weer goed komt. Natuurlijk. Maar echt geloven doe ik het niet. Mam zag er zo eenzaam uit, alsof ze er niet echt meer was.

Als ik mijn fiets in het fietsenhok zet raken we bijna meteen in gesprek met een paar klasgenoten en nog wat andere leerlingen. Een meisje met blonde krullen, dat volgens mij Isabelle heet, begint over Lucy en omdat niet iedereen weet wat er is gebeurd, brengt ze hen snel op de hoogte. Ik hou me erbuiten en ook Roos zegt niet zo veel.

Dan valt er een stilte. Isabelle, die net nog honderduit aan het kletsen was, kijkt over mijn schouder. Nieuwsgierig draai ik me om. Het is Lucy. Ze zet haar fiets op slot en loopt ons daarna voorbij. Neus in de wind, blik op oneindig.

Even kijk ik Roos aan. Moet ik iets zeggen? Of juist niet? Een ongemakkelijke stilte valt en even denk ik aan thuis. Is het ergens nog normaal? Dan hoor ik iemand lachen. Het is Isabelle, het meisje met de blonde krullen. Ik zie haar wijzen in de richting van Lucy, die ons inmiddels voorbij is. Alsof ze ons helemaal niet heeft zien staan.

Roos en ik besluiten om verder te lopen. Lucy mag zich dan misschien maf gedragen, maar ik heb geen zin in ruzie en Roos blijkbaar ook niet. Gelukkig.

Bij de kluisjes is het een drukte van belang. Iedereen heeft het over de vakantie, maar sommigen fluisteren en wijzen als ik langsloop. Ook hoor ik de naam Lucy vallen.

Terwijl ik mijn jas en een paar boeken in mijn kluisje leg, zie ik Lucy twee kastjes verderop staan. Ze gooit net het deurtje dicht en draait zich dan om. Ze staat bijna tegenover me en hoe graag ik het ook zou willen, ik kan haar nu niet negeren.

'Hé.' Ik steek mijn hand op om haar te groeten.

'Je zult wel blij zijn, hè?' Er klinkt verwijt door in haar vraag.

'Blij?' Verbaasd kijk ik haar aan en ook Roos, die haar kluisje naast het mijne heeft, draait zich om.

'Doe nou maar niet zo onschuldig. Dit is toch wat je wilde: ik uit de wedstrijd?' Lucy staat zo dichtbij dat ik er nerveus van word. Mijn mond valt open.

'Nou, je hoeft niet zo stom te kijken. Geef het maar toe. Jij bent toch het lievelingetje van de vakjury?' Lucy's ogen schitteren van ingehouden woede en het begint langzaam tot me door te dringen: ze neemt het mij kwalijk! Lucy heeft plagiaat gepleegd, maar ze neemt het mij kwalijk!

'Lucy, ik weet niet wat jouw probleem is, maar laat mij er even buiten, ja. Wie zijn billen brandt moet op de blaren zitten, en volgens mij heb jij je billen behoorlijk gebrand. En dat is helemaal je eigen schuld!' De woorden klinken harder dan bedoeld, maar ik ben er helemaal klaar mee. Roos is intussen naast me komen staan en een paar andere leerlingen draaien hun hoofd om te zien wat er aan de hand is.

'Ja, doe maar onschuldig. Mooie, lieve, onschuldige Ana. Ons talentje!' Lucy's stem klinkt spottend, maar vooral boos. 'Weet je wat jij kunt, Ana? Je kunt de pot op. Jij en dat stomme vriendje van je, die Thomas. Tijdens de workshop stelde hij alleen maar vragen over jou. En die kutwedstrijd kan me al helemaal gestolen worden. Je moet wel een enorme sukkel zijn als je daaraan mee wilt doen!' Er vliegen wat spetters speeksel uit haar mond en snel doe ik een stapje terug. Jakkes!

Dan heeft Roos er blijkbaar ook genoeg van. 'Erg geloofwaardig, Lucy. Was jij niet degene die koste wat kost aan die schrijfwedstrijd wilde meedoen? En ben jij niet degene die teksten van anderen heeft overgeschreven? Misschien moet je een keer goed in de spiegel kijken. Weet je meteen op wie je boos moet zijn!' Kwaad doet Roos een stap naar voren. Ze is ruim een kop groter dan Lucy, die met haar één meter eenenzestig een van de kleinsten van de klas is. Ook Sarah en Denise, die bij mij in de klas zitten, beginnen zich ermee te bemoeien. Ik hoor woorden als 'loser', 'leugenaar' en 'aandachttrekker'. Als ik naar links kijk, zie ik dat

Ymke er inmiddels ook is. Ze kijkt naar alle opschudding, maar schiet haar nichtje niet te hulp. Lucy staat er helemaal alleen voor.

Snel pak ik mijn tas en tik Roos op haar schouder. Er is ondertussen een behoorlijke scheldpartij ontstaan tussen Sarah, Denise en Lucy. Ik heb hier geen zin in en samen met Roos loop ik weg. Lucy mag het wat mij betreft zelf uitzoeken.

De rest van de dag probeer ik me te concentreren op de lessen. Lucy is voor de verandering een keer stil. Het is duidelijk dat de confrontatie met de andere leerlingen indruk heeft gemaakt en dat ze heeft besloten om zich zo veel mogelijk gedeisd te houden. *Verstandig.*

Als we tijdens maatschappijleer, de laatste les van de dag, naar de mediatheek moeten om informatie te zoeken voor een van de opdrachten, vraagt Lucy aan de leraar of ze zich ziek mag melden. Ze heeft buikpijn en voelt zich misselijk. Met een wit gezicht duwt ze haar handen tegen haar buik. Het komt heel overtuigend over en ik krijg bijna medelijden met haar.

Omdat de rest van de klas al naar de mediatheek loopt, pak ook ik mijn schrift en pen en loop met de leraar mee het lokaal uit. Lucy blijft achter en pakt haar spullen in. Ze mag naar huis.

Als we terugkomen van de mediatheek ben ik Lucy al bijna vergeten, tot ik een whatsappje van Thomas krijg. Hoe het gegaan is vandaag en of ik nog aan hem heb gedacht. Met kriebels in mijn buik stuur ik hem snel een antwoord. Wat dacht je?

Dan gooi ik vlug mijn schrift en pen in mijn tas en kletsend met Roos loop ik naar het fietsenhok. Het liefst zou ik met haar mee naar huis gaan, maar hoewel ik betwijfel of mijn moeder überhaupt wel in de gaten heeft of ik wel of niet thuiskom, durf ik het toch niet aan. Tenslotte heb ik geen zin in nog meer ellende, nee, dank je.

'Oké, dan zie ik je morgen weer.' Roos wil op haar fiets stappen, maar bedenkt zich opeens.

'O ja, Ana, voor ik het vergeet: weet jij wanneer het proefwerk Nederlands is? Ik heb het niet in mijn agenda gezet. Voor ik weer vergeet te leren en opnieuw een onvoldoende haal... Dan worden mijn ouders echt gek en krijg ik straks ook huisarrest.' Ze grijnst er een beetje bij.

Roos kan zo vergeetachtig zijn. Vorig jaar was ze drie proefwerken en een mondeling vergeten! De laatste keer heeft haar moeder haar gewaarschuwd. Nog een onvoldoende en ze mag voorlopig niet meer meedoen aan kickbokswedstrijden. Roos' grootste passie. Zelf heb ik er niet zo veel mee. Veel te agressief. Maar voor Roos is het een uitlaatklep en niet mee mogen doen aan wedstrijden is voor haar echt een straf.

Ik zet mijn fiets weer op de standaard en pak mijn tas. Rommelend tussen mijn boeken probeer ik mijn agenda te vinden. Zuchtend zet ik mijn tas op de grond en ga op mijn hurken zitten. Een voor een haal ik mijn boeken eruit. Losse papieren volgen, en net als ik mijn agenda helemaal onder in mijn tas zie liggen, valt mijn oog op een stuk krantenpapier. Ik pak het en draai het om. Even lijkt het alsof de hele wereld stilstaat. Alles gaat zo traag. Het is een foto van Daniël. De foto die twee jaar geleden in alle kranten en op elk journaal te zien was. Een lachende Daniël, onbezorgd. Precies zoals vijfjarigen horen te zijn.

Over de foto heen is met rode viltstift in blokletters geschreven: WIL JE SPELEN, ANA? Geschrokken kijk ik Roos aan. Ze komt naast me staan en kijkt wat ik in mijn hand heb.

'Dat heeft Lucy gedaan! Wat een trut! Kom, we gaan naar Van Meren, dan kan hij Lucy aanpakken.'

Roos klinkt woest, maar ik twijfel en weet even niet wat ik moet doen. Wat als het Lucy niet is? Straks weet iedereen ervan, daar heb ik helemaal geen zin is. Wat als mam erachter komt? Dat kan ze er echt niet bij hebben. *Dat kan ik er niet bij hebben.*

'Ik wil niet naar René. We kunnen helemaal niet bewijzen dat Lucy dit heeft gedaan. Zo zeker is dat allemaal niet. Iedereen kan die foto in mijn tas hebben gedaan, Roos. Misschien zelfs al wel een hele tijd geleden. Hij lag helemaal onder in mijn rugzak.'

Opnieuw kijk ik naar het stuk papier. Wie het ook heeft gedaan, het is in elk geval iemand die mijn eerste verhaal heeft gelezen. De woorden zijn letterlijk overgeschreven. *Nou, dat maakt het een stuk makkelijker.*

Daniëls ogen kijken me vanaf de foto aan en ik probeer de ongerustheid weg te duwen. Wat is er aan de hand? Wie doet nou zoiets?

'Kom, dan rij ik een stukje met je mee naar huis, Ana.' Roos moet de andere kant op, maar ik ben blij dat ze het aanbiedt. Er gaat van alles door mijn hoofd als ik de schoolboeken en de andere spullen terug in mijn tas stop. De foto leg ik bovenop. Dan kom ik overeind.

'Het is vast een vervelende grap van Lucy. Ze is gewoon jaloers en probeert je gek te maken. Trek het je niet aan.' Vol medeleven kijkt Roos me aan.

Ik wil haar geloven. Maar elke keer als ik aan de foto in mijn tas denk, voel ik een rare kriebel in mijn buik. Zou Lucy echt zoiets doen?

Daar zijn ze eindelijk. Net op het moment dat ik denk dat ik ze gemist heb, rijden ze het schoolplein af. Snel pak ik mijn mobiel en verstuur het sms'je dat ik al klaar heb staan. Zo kan er niets misgaan. Ik ga voor de zekerheid iets meer achter de boom staan, zodat ze me niet zien als ze voorbijrijden. De twee hartsvriendinnen. Ik walg ervan.

Ze komen steeds dichterbij. Druk in gesprek. Dan zie ik Ana's gezicht. Afwezig, wit. Ze kijkt bezorgd. Snel verstop ik me helemaal achter de boom. Ze zijn al zo dichtbij dat ik ze kan horen praten.

'... begrijp het niet, Roos. Wie stopt er nou een foto van Daniël in mijn tas? Ik kan het...' Zodra ze voorbij zijn worden de woorden weer onverstaanbaar. Maar ik heb genoeg gehoord en stap achter de boom vandaan. Ik kijk ze na en denk aan de foto van Daniël, een foto met grote rode letters. Wat zal die trut geschrokken zijn.

Ik glimlach. Ze heeft mijn bericht dus ontvangen. Vandaar dat witte, bezorgde gezicht. Mooi zo. Laat het spel maar beginnen. Want uitgespeeld ben ik zeker nog niet. Ik zou me ook zorgen maken als ik jou was, Ana. Heel veel zorgen. De foto is nog maar het begin. Ik ben nog lang niet klaar.

Hoofdstuk 12

Op het moment dat ik de deur opendoe en de gang in stap, ruik ik het al. Een zware gaslucht dringt mijn neus binnen en slaat meteen op mijn keel. Vergeten is de foto van Daniël en vergeten is de met rode stift geschreven boodschap. Met mijn hand voor mijn mond ren ik naar de keuken.

'Mam!' Mijn ogen branden en hoestend lopen de tranen over mijn wangen. Een sissend geluid komt me dreigend tegemoet. Ik verberg mijn gezicht half achter mijn arm en met mijn andere hand draai ik de knoppen van de gaskookplaat dicht.

Naar adem snakkend en met een licht gevoel in mijn hoofd strompel ik naar de achterdeur en gooi hem wagenwijd open. Mijn hart klopt als een bezetene in mijn borst. Waar is mam?

'Mam?' Frisse lucht stroomt gelukkig snel de keuken binnen. Het duizelige gevoel in mijn hoofd begint weg te trekken en snel kijk ik om me heen. Mams trots. Het kookeiland waar ze altijd uitgebreid samen met pap kookte. Toen Daniël nog leefde. Nu wordt de keuken alleen nog maar gebruikt voor makkelijke maaltijden. Aardappelen, groente, vlees. *Hoe burgerlijk. Hoe Nederlands.* Geen sushi, wokgerechten of Daniëls favoriete maaltijd: lasagne. Of zoals hij het altijd noemde: 'Salangna.'

Dan zie ik de stille, witte hand. Verder niets. De rest van het lichaam ligt verborgen achter het kookeiland. Stokstijf blijf ik staan en staar naar de hand, die maar niet wil bewegen.

'Mam!' Ik kom eindelijk weer in beweging, en zonder na te denken ren ik om het kookeiland heen. De punt van het werkblad verdwijnt in mijn heup, maar ondanks de pijn loop ik door. *Straks is ze dood. Net als Daniël!* Dan zie ik haar eindelijk liggen. Haar gezicht half verborgen, net zo wit als de roerloze hand. Ik zak door mijn knieën en pak haar pols. Tijdens de EHBO-lessen op school heb ik geleerd om iemands polsslag te voelen, maar mijn handen trillen te erg. Mijn blik glijdt steeds opnieuw naar de plas bloed op de grond, vlak naast haar hoofd. Een plas die langzaam groter wordt.

Ik heb iets nodig om het bloeden te stelpen. Wat is er gebeurd?! Ik probeer de paniek in mijn hoofd te onderdrukken. *Ademhalen, rustig blijven.* Vanuit mijn ooghoek zie ik de theedoek over een van de krukken hangen. Waarschijnlijk vanmorgen door mijn vader daar achtergelaten. Die is altijd slordig. Tot ergernis van mijn moeder. Half zittend buig ik voorover en met mijn vingertoppen kan ik het katoenen ding net naar me toe grissen. Snel duw ik hem tegen mijn moeders hoofd. Met mijn andere hand probeer ik mijn mobieltje uit mijn zak te plukken. Ik tril zo dat het me eerst niet lukt, maar een blik op mijn moeders bleke gezicht helpt me om niet op te geven. Ik moet een ambulance bellen. Trillende handen of niet!

De afgelopen tien minuten leken wel een eeuwigheid te duren, maar eindelijk hoor ik in de verte de sirene van de ambulance. Ik vraag me af of ik de voordeur open heb gelaten toen ik binnenkwam, of dat hij dicht is gevallen door de tocht. Ik kan het me gewoon niet meer herinneren. Nadat ik 112 gebeld had, ben ik naast mijn moeder gaan zitten om het bloeden van haar hoofd zo goed en zo kwaad als het ging te stoppen. Aan de deur heb ik niet meer gedacht.

Mijn moeder ziet er bleek uit. Roerloos. Alsof ze van steen is. Net zo wit als het marmer dat we ooit hebben bekeken in die oude Italiaanse kerk. Vreemd hoe zulke herinneringen en beelden opeens weer naar boven komen.

Voorzichtig haal ik de theedoek van mijn moeders hoofd. De witte doek is niet meer zo wit. Grote rode vlekken. Haar haar lijkt nat en zit in strengen aan elkaar geplakt. Een golf maagzuur belandt via mijn keel in mijn mond en snel duw ik de doek weer tegen de wond. Ik probeer het zuur weg te slikken. Tranen schieten in mijn ogen van het branderige gevoel dat achterblijft.

'Hallo! Ambulancepersoneel!' De stem laat me schrikken, maar tegelijkertijd ben ik opgelucht. Eindelijk hulp.

'Hier ben ik! In de keuken! Schiet alstublieft op!' Mijn stem trilt en klinkt huilerig, maar het maakt me allemaal niets uit. Het belangrijkste is dat er hulp is gearriveerd. Hulp voor mijn moeder. Ze mag niet doodgaan. Dat móg gewoon niet, en als ik door het ambulancepersoneel zacht maar dringend wordt weggeduwd, kijk ik verbijsterd toe hoe ze snel en vakkundig met mijn moeder aan de slag gaan.

Eenmaal in de ambulance lijkt alles razendsnel en tegelijkertijd hartstikke langzaam te gaan. In mijn moeders arm zit een infuus en op haar borst zijn stickertjes geplakt met draadjes eraan. Op een monitor zie ik haar hartslag en het gepiep werkt geruststellend. *Zolang het blijft piepen is alles oké. Zolang het blijft piepen is alles oké.* Opnieuw en opnieuw herhaal ik die woorden in mijn hoofd, terwijl de ambulancearts van alles controleert bij mijn moeder.

Dan klinkt er opeens een lange piep en ik hou mijn adem in. Op de monitor is een groene lijn te zien. 'Wat is er aan de hand?' vraag ik in paniek.

Maar de broeder geeft geen antwoord. Hij staat over mijn moeder heen gebogen. Twee metalen dingen in zijn hand. In mijn hoofd is het doodstil en met opengesperde ogen zie ik hoe mijn moeder omhoogkomt van de brancard. De broeder kijkt naar het beeldscherm en duwt met zijn handen op mijn moeders borstkas. Ik ben bang dat hij iets breekt, maar ik ben nog banger dat de groene lijn op de monitor een strakke groene lijn blijft.

In paniek grijp ik de arts bij zijn schouder. 'Wat is er aan de hand?!'

Hij schudt zijn hoofd. 'Niet nu. Ik ben bezig.' En hij buigt zich opnieuw over mijn moeder. Weer zie ik haar lichaam omhoogkomen en tegelijkertijd met de arts kijk ik naar de monitor. Net als ik denk dat er niets verandert, hoor ik een piepje en zie ik het lijntje omhoogspringen. Eerst één keer, dan nog een keer en dan is er plotseling weer ritme. Alsof mijn moeders hart een dansje maakt. Overstuur kijk ik naar haar witte gezicht.

De broeder draait zich om en klopt even op mijn knie. 'Ze is gestabiliseerd en we zijn bijna in het ziekenhuis. Even volhouden.' Hij kijkt vriendelijk, maar zijn ogen doen me denken aan die politieagent die langskwam nadat Daniël gevonden was. Die keek precies zoals de ambulancebroeder nu naar mij kijkt. Rustig, maar met een duister randje. Alsof hij iets weet wat hij eigenlijk niet wil vertellen. *Vertel het dan niet!* Maar sommige dingen weet je ook als ze niet worden verteld. Net als met Daniël.

Op de eerstehulp word ik naar een klein kamertje met een bank, een stoel en een tafeltje gebracht. *Het kamertje voor slecht nieuws.* Er komt een vrouwelijke politieagent bij me zitten. Ze duikt opeens op, ik weet niet waarvandaan. Voorzichtig stelt ze me wat vragen, die ik zo goed mogelijk probeer te beantwoorden. Niet dat ik veel kan vertellen. Ik weet niet wat er gebeurd is. Het enige wat ik weet is dat het waarschijnlijk allemaal mijn schuld is. Ik had die dialoog nooit moeten schrijven. Mam was zo verdrietig toen ze erachter kwam. Niet eens boos, alleen maar verdrietig. Verdrietig en leeg. En nu dit. Wat als ik niet op tijd thuisgekomen was? Wat als ik toch met Roos was meegegaan? De rillingen lopen over mijn rug.

'Ana!' Met een betraand gezicht kijk ik naar de deur.

'Pap!'Ik sta op van de bank en voel hoe mijn vader zijn armen om me heen slaat. Ik verberg mijn gezicht in zijn wollen jas en huil zonder geluid. In stilte staan we daar in het midden van dat piepkleine kamertje.

'Het is mijn schuld.' Snikkend hou ik me nog steviger vast aan mijn vader, die me troostend over mijn hoofd aait.

'Natuurlijk is het niet jouw schuld. Stil nou maar.' Hij duwt me voorzichtig in de richting van de bank en met zijn armen nog steeds om me heen gaan we allebei zitten. Naast elkaar. Samen. En hoewel ik hem niet geloof, voel ik me voor het eerst sinds jaren veilig.

De rest van de middag zijn de dokters met mijn moeder bezig. En als de avond aanbreekt zijn ze nog niet klaar. Ze wordt geopereerd. Er is iets met haar hoofd en ik denk weer aan het bloed dat op de vloer lag.

De politieagente is na wat vragen aan mijn vader weggegaan en af en toe komt er iemand van het ziekenhuis vertellen hoe het gaat. Iemand die leert voor arts. Een coassistent. Elke keer moet mijn vader meelopen, en ook nu is hij weer naar de gang geroepen.

Als hij terugkomt ziet hij er nog vermoeider uit. Ik voel me misselijk. Ik moet steeds aan Daniël denken. Wat als mijn moeder ook doodgaat?

Dit is niet hetzelfde als met Daniël. Ik wil het zo graag geloven. Ik moet het geloven. Mijn moeder moet beter worden, want zodra ze weer beter is, vertel ik haar dat het me spijt. Dat alles me spijt en dat ik het goed zal maken. Ik stop met die stomme schrijfwedstrijd en ga het goedmaken. Zolang ze maar beter wordt en niet doodgaat. Ik stop met de wedstrijd, als ze maar niet doodgaat. *Dat beloof ik, mam. Ik stop met de wedstrijd. Ga alsjeblieft niet dood. Het spijt me zo.*

Als ik mijn ogen opendoe is het donker in de kamer. Even weet ik niet waar ik ben. Er ligt een deken over me heen. Wat is er gebeurd? Dan weet ik het weer. Mijn moeder wordt geopereerd. Voorzichtig kom ik overeind. De deken glijdt van me af. Het laatste wat ik me herinner is dat mijn vader iets te drinken ging halen.

Buiten is het donker. Het enige licht komt van de gang, waar ik af en toe mensen in witte kleding zie lopen. Rustig, zonder al te veel geluid. Ik sta op en kijk nog eens om me heen. Dan stap ik de gang in. Waar is pap? En belangrijker: hoe is het met mam?

Een stukje verderop zie ik een verpleegkundige staan.

'Mevrouw?' Ze is nog jong, begin twintig. Haar donkere haar zit in een paardenstaart. Ze heeft bruine ogen met lange wimpers en is gekleed in het wit, met wat roze aan de mouwen en broekspijpen. *En vergeet de gezondheidsslippers niet.*

'Weet u of mijn moeder al uit de operatiekamer terug is?' Door het slapen ben ik mijn gevoel voor tijd kwijt en vragend kijk ik de verpleegkundige aan.

'Ah, Ana, is het niet? Je bent wakker.' Ze glimlacht. 'Je vader is bij je moeder. Ze is naar de intensive care gebracht. Al een paar uur geleden. Je sliep en je vader heeft je maar even laten liggen. Kom, dan breng ik je erheen.' Ze loopt naar de klapdeuren. Als we een van haar collega's tegenkomen, laat ze die even weten waar ze naartoe gaat. Ze praten zachtjes en kijken af en toe in mijn richting. Ik vind alles best, zolang ik maar zo snel mogelijk naar mijn moeder kan.

'Weet u of het goed gaat met mijn moeder?'

De verpleegkundige werpt me een snelle blik toe. 'Het spijt me, dat weet ik niet. Maar dat kan je vader je zo vast vertellen.'

Ze loopt een trap op en door twee grote klapdeuren waarop INTENSIVE CARE staat. Ik voel me misselijk worden. Ik kan niet zo goed tegen ziekenhuizen. Vooral bloed vind ik eng. *Het kan nooit erger zijn dan vanmiddag.* Ik loop door.

Op de afdeling ruikt het vreemd. Steriel. Ook hoor ik in de verte veel herrie: piepjes en een soort pompend geluid.

Ik word voorgesteld aan een andere, wat oudere verpleegkundige en na een kort afscheid word ik bij haar achtergelaten. Hoewel ik het liefst meteen naar mijn moeder ga, krijg ik eerst te horen wat ik kan verwachten. Ze zegt dat ik niet moet schrikken, want door de slangen en draden die aan mijn moeder vastzitten, ziet het er allemaal eng uit. Ik hoor het, maar het dringt niet echt tot me door. Ondanks mijn groeiende angst wil ik maar één ding, en dat is naar mijn moeder.

Op de kamer is de herrie nog erger. Er staan drie bedden, waarvan we de eerste twee voorbijlopen. Ik probeer niet te kijken, maar bij het tweede bed zie ik twee dokters. Ze zijn bezig met een oudere vrouw. Haar gezicht ziet er vreemd uit. *Alsof ze dood is.* Haar mond hangt een beetje open. Vanonder het laken steekt een naakte arm. Rimpelig. *Net als oma.* Er loopt een slangetje vanaf haar arm naar een infuuszak.

Een van de artsen kijkt om en trekt het gordijn dicht. Vlug loop ik door, achter de verpleegkundige aan. Verder naar het laatste bed, dat half verborgen achter een gordijn staat. De verpleegkundige wijst en fluistert: 'Naast het bed staat nog een krukje. Je mag een kwartiertje blijven. En dat geldt ook voor je vader.' Ze knikt in de richting van mijn vader, die in een stoel naast het bed ligt te slapen. Zijn hoofd is half naar links gezakt. Dan draait ze zich om en loopt terug naar de deuren.

Langzaam loop ik dichter naar het bed toe. Elke keer zie ik meer van mijn moeders lichaam. Verborgen onder een deken. Ik doe nog een stap naar voren en hoor hoe mijn vader diep ademhaalt. Hij snurkt een beetje. Dan zie ik mijn moeders gezicht, spierwit, met donkere kringen om haar ogen. In haar mond zit een slang en haar hoofd is ingepakt met verband. *Een witte muts.* Net iets witter dan haar gezicht.

Verstijfd blijf ik staan. Ik schrik ervan hoe slecht ze eruitziet. Het is erger dan ik dacht en opnieuw kijk ik naar mijn vader. Diep in slaap is hij nog verder onderuitgezakt in zijn stoel.

Voorzichtig ga ik op het krukje zitten. Naast mijn moeders bed staat een apparaat dat op en neer beweegt. Gelijktijdig met haar borstkas. Verschillende monitoren staan om haar heen. Lijntjes en piepende geluiden geven aan hoe het met haar gaat. Of het goed of slecht is weet ik niet. Haar armen liggen boven de dekens. Er steken kleine slangetjes uit en mijn hoofd voelt een beetje draaierig. Door een van de slangen loopt bloed, door een andere een doorzichtige vloeistof. Aan een metalen stang hangen twee zakken. Een met bloed, een met iets anders.

'Mama...' Zachtjes roep ik mijn moeder en bijna tegelijkertijd pak ik haar rechterhand vast. Koud. *Alsof ze dood is.* Haar borstkas beweegt op en neer. Een vast ritme, maar dat is alles. Verder is er geen beweging en geen reactie. Ik kijk naar haar hand en pols en het valt me op dat al haar sieraden af zijn gedaan. Ook het armbandje met de twee bedeltjes die ze van mijn vader heeft gekregen. Een in de vorm van een jongenshoofdje en het andere van een meisjeshoofd. Cadeautjes na onze geboortes. Een armband die ze nooit afdeed. *Maar nu wel.* Het is zo confronterend dat ik begin te huilen. Zachtjes, zodat niemand er last van heeft. Mijn tranen druppelen via mijn kin op mijn moeders hand.

'Het spijt me zo, mam.' Huilend leg ik mijn wang tegen haar hand.

'Ana?' Mijn vader is wakker geworden en staat op. Hij loopt om het bed heen en legt zijn hand op mijn schouder. 'Laten we naar huis gaan, Ana. Hier kunnen we nu even niets doen.'

Met een betraand gezicht kijk ik omhoog.

'Ik wil niet naar huis. Ik wil hier blijven, net zo lang tot mama weer wakker wordt.' Met één hand wrijf ik over mijn ogen.

'Kom op, Ana. Ik snap dat je wilt blijven, maar het heeft geen zin. Zo raak je alleen nog maar meer overstuur en daar help je niemand mee.' Hij pakt mijn arm vast en langzaam kom ik overeind. Even staan we tegenover elkaar zonder iets te zeggen, dan slaat hij zijn armen om me heen en trekt me tegen zich aan. Samen verlaten we de afdeling. Alleen, zonder mam. Wat is er in godsnaam gebeurd?

Hoofdstuk 13

‘Het spijt me, meneer Bootsma.’ De dokter staat met zijn handen in de zakken van zijn witte jas en schudt zijn hoofd. ‘Op dit moment kunnen we niets doen. We moeten afwachten wanneer en vooral óf uw vrouw weer bij bewustzijn komt.’ De dokter schudt nogmaals zijn hoofd. ‘Ik zou willen dat ik beter nieuws had.’

Opnieuw kijk ik door de kleine kier. Sinds twee dagen ligt mijn moeder in deze kamer. Na ruim anderhalve week op de intensive care is ze uiteindelijk overgeplaatst.

De deur staat net ver genoeg open om te zien dat mijn vader even wankelt en zich vastgrijpt aan het bed waar mijn moeder in ligt. *Nee.* De dokter grijpt hem bij zijn arm en zonder erbij na te denken duw ik de deur verder open en loop snel naar binnen.

‘Pap? Gaat het goed?’ Paniekerig kijk ik hem aan, maar hij zwaait afwerend met zijn hand en laat het bed weer los. Ook de dokter kijkt bezorgd, maar mijn vader draait zich om en gaat weer op de stoel zitten.

Dan pakt hij mijn moeders hand vast en begint te praten. ‘Marianne. Ik ben hier. Alles komt goed.’ Hij schuift zijn stoel aan en buigt iets verder voorover. Nog dichter bij haar gezicht.

'Pap?' Maar mijn vader hoort me niet. Hij heeft alleen maar oog voor mijn moeder. De arts kijkt nog even op de status van mijn moeder en verlaat dan de kamer.

Zonder iets te zeggen ga ik op de stoel naast de tafel zitten. Uit mijn tas haal ik mijn mobiel. Er zijn verschillende berichten binnengekomen, de meeste van Roos, maar ook een paar van Thomas. Roos wil weten hoe het gaat. De afgelopen week ben ik niet op school geweest en afgezien van een paar telefoongesprekken heb ik haar nauwelijks gesproken. Zelfs toen ze een paar dagen geleden langskwam om wat huiswerk te brengen, hadden we geen tijd om bij te praten. Ik stond op het punt om naar het ziekenhuis te gaan en na wat korte woorden en een onhandige omhelzing stapte ze weer op de fiets en reed weg.

Thomas heb ik twee dagen na mijn moeders ziekenhuisopname op de hoogte gebracht. Hij heeft wel verschillende berichtjes gestuurd, maar in alle hectiek heb ik nauwelijks op mijn telefoon gekeken. Gelukkig was hij niet boos, alleen maar begripvol. Hij had even kort gebeld, maar veel tijd was er niet. Daarna hebben we alleen nog maar ge-sms't en gemaild.

Een voor een lees ik de berichten door. Bij de xxx van Thomas voel ik me warm worden. Ik mis hem, maar ik weet dat ik hem voorlopig niet zal zien.

Vandaag is er weer een workshop en eigenlijk had ik nu in Amsterdam moeten zijn. Een paar dagen geleden heb ik de organisatie gebeld om te vertellen wat er gebeurd is. En dat ik wil stoppen. Het liefst meteen, maar ze zeiden dat ik me daar nu niet druk over moest maken. Zo'n beslissing kon later ook nog genomen worden.

Opnieuw kijk ik naar mijn vader. Ik snap best dat hij in de war is. Niemand lijkt te weten wanneer mijn moeder wakker wordt. Ze ligt in een soort coma. Tenminste, dat is wat ik de dokter hoorde zeggen. Ik begrijp nog steeds niet goed wat er gebeurd is, maar volgens de politie heeft mijn moeder het gas opengedraaid, is ze waarschijnlijk bewusteloos geraakt en heeft ze tijdens de val haar hoofd gestoten. Het is nog een geluk geweest dat ik haar heb gevonden en niet later thuisgekomen ben.

Ik vraag me af hoe het bij de workshop gaat. Ik ben er dan wel niet bij, maar Thomas wel. Knappe, lieve Thomas. De vertrouwde vlinders beginnen weer te fladderen. Ik mis hem. Zou hij mij ook missen? Ondanks alles had hij zeker een reden kunnen zijn om verder te gaan met de wedstrijd. Als ik mijn moeder tenminste niet had beloofd te stoppen. Zolang ze maar beter wordt. *Maar ze wordt niet beter. Ze ligt in coma.* Ik negeer de stem in mijn hoofd. Natuurlijk wordt ze beter, dat kan niet anders.

Met een blik op het bed en op mijn vader, die nog steeds tegen mijn moeder aan het praten is, pak ik mijn schoolboeken erbij. Mijn vader heeft vorige week met René van Meren gepraat en de afspraak gemaakt dat ik voorlopig thuis mag blijven, mits ik bepaalde opdrachten inlever, die Roos van de week heeft gebracht. Maandag ga ik weer naar school. Dat is tenminste het plan en dan moet ik de opdrachten afhebben.

Terwijl ik mijn werkboek geschiedenis uit mijn tas pak, zie ik helemaal verkreukeld het stuk krantenpapier onderin liggen. Daniël. *Wil je spelen, Ana?* Ik was het helemaal vergeten. Met een schuine blik op mijn vader strijk ik het papier glad. Ik hou het in mijn tas verstopt en lees de tekst nogmaals. Opnieuw voel ik een vlaag van ongerustheid. Wie doet toch zoiets? Eigenlijk moet ik het gewoon weggooien, maar ik vouw de foto op en stop hem achter in mijn agenda.

In de loop van de middag gaan mijn vader en ik naar huis. Vanavond komen we waarschijnlijk nog even terug, maar ook thuis moeten er dingen gebeuren.

'Hoe gaat het met schrijven, Ana?' Mijn vader doet het knipperlicht aan en draait de bocht door.

De vraag verrast me en ik haal mijn schouders op. 'Niet. Ik ga denk ik stoppen met de wedstrijd.'

Ik voel dat mijn vader even opzij kijkt, maar ik beantwoord zijn blik niet. In tegendeel, ik draai mijn hoofd naar de andere kant en kijk uit het raam. Buiten lijkt alles zo gewoon. Mensen die winkelen, mensen die praten, mensen die gelukkig zijn.

'Is dat nou verstandig? Je doet het toch hartstikke goed?' Hij laat een voetganger oversteken en trekt weer op.

'Ja, hartstikke goed. Kijk wat ervan gekomen is. Mam ligt in het ziekenhuis.'

Mijn vader zegt niets, maar stuurt de auto een parkeerplaats op. Dan zet hij de motor uit. Verbaasd kijk ik hem aan. We zijn toch nog niet thuis? Maar mijn vader denkt niet aan thuis en draait zich naar me toe.

'Ana, dat je moeder in het ziekenhuis ligt is niet jouw schuld. Dat moet je echt niet denken. Je moeder heeft al heel lang problemen. Al sinds... nou ja, al sinds de dood van Daniël. Dat heeft niets met jou te maken. Als er al iemand schuldig is, dan ben ik het. Ik dacht dat het weer zo'n fase was, dat het vanzelf over zou gaan.' Mijn vader legt zijn hand op mijn schouder en knijpt er zachtjes in. 'Begrijp je dat?'

Ik voel hoe zijn vingers nogmaals knijpen en ik kijk hem aan. Zijn ogen glimmen. Mijn moeder heeft een zelfmoordpoging gedaan en hier zitten we dan. Vol schuldgevoel. Niet alleen ik, maar ook mijn vader. *Gedeelde smart is halve smart.*

'Weet je, Ana, wat zo vervelend is bij zelfmoord?'

Ik schud mijn hoofd.

'Dat iedereen altijd in de rij staat om de schuld op zich te nemen.' Hij laat zijn woorden even op me inwerken en gaat dan verder. 'Maar de werkelijkheid is dat het niemands schuld is. Je moeder heeft een keuze gemaakt, zelf, helemaal alleen. Niemand heeft haar daartoe gedwongen. En met die keuze moeten wij leren leven. Hoe moeilijk dat ook is. Je moet niet stoppen met schrijven, Ana. Dat zou mam ook niet willen. Echt niet. Ze is altijd zo trots op je geweest. Net als ik. Het is de ziekte in haar hoofd, de depressie, die de laatste twee jaar spreekt. Niet je moeder. Je moeder houdt van je. Vergeet dat nooit.'

Hij zwijgt even. Dan start hij de auto weer. 'Denk er in elk geval over na, oké? Praat er nog eens met Roos over. En, Ana?' Ik kijk mijn vader aan. 'Het spijt mij ook. Ik had eerder in moeten grijpen in plaats van niets te zeggen. Ik had er voor jou en je moeder moeten zijn. Vooral de laatste weken.'

Er rolt een traan over zijn wang. Ik heb mijn vader niet vaak zien huilen. Het verwart me en ik leg mijn hand op zijn arm. Mijn vader veegt over zijn gezicht. Soms valt er niets te zeggen. Dit is zo'n moment.

Die maandag ga ik voor het eerst weer naar school. Ik ben er nog steeds niet uit of ik verder wil met de wedstrijd. Volgens mijn vader moet ik doorgaan, maar zelf weet ik het nog niet. Gisteren heb ik geprobeerd om te schrijven, maar elke keer liep ik vast. 'Schrijf een kort verhaal over iemand die een keuze moet maken.' Het makkelijkste is natuurlijk om te schrijven over wat er nu speelt, maar tegelijkertijd wil ik dat niet. Niet na wat er de laatste keer gebeurd is. Ik heb mijn lesje wel geleerd.

Tijdens de lessen probeer ik echt op te letten. Af en toe zie ik Lucy kijken, maar ik negeer haar. Hoewel ik niet kan bewijzen dat zij achter de foto van Daniël zit, heb ik er een vreemd gevoel bij. Ik hoor hoe René iets aan het uitleggen is. Grammatica. Ik haat grammatica. Ik ben dol op taal, maar de technische kant vind ik vreselijk.

'Oké, de opdracht voor de volgende keer is dus om de verschillende werkwoordsvormen die we vandaag hebben besproken in praktijk te brengen. Dus opdracht veertien tot en met achttien uit het werkboek maken en opdracht eenentwintig uit het idioomboek leren. Hou rekening met een mondelinge overhoring.' Er klinkt gesteun en gemopper vanuit de klas. Niemand heeft zin in een mondeling.

'Ana, kun jij nog even blijven?' Een paar klasgenoten kijken om. Iedereen weet wat er is gebeurd en hoewel de meesten normaal doen en me sterkte hebben gewenst, voel ik me toch ongemakkelijk. Al die aandacht is niets voor mij. Waarom kan alles toch niet normaal zijn? Ik vraag me af wat René wil. Waarschijnlijk gaat het om de opdrachten die ik de afgelopen week moest maken. Ik pak mijn huiswerk uit mijn tas en loop naar voren. De klas is bijna leeg. Alleen Ymke staat nog wat te treuzelen.

'Dag, Ymke. Tot morgen. Doe je de deur dicht?' René steekt zijn hand op. Het is duidelijk dat hij wil dat ze vertrekt. Vlak voor ze de deur dichtdoet, kijkt ze mij nog even aan. Een vage glimlach op haar gezicht.

'Ga zitten, Ana.' René wijst naar de tafel voor zijn bureau. 'Hoe gaat het met je? En hoe gaat het thuis?'

Schouderophalend zak ik op de stoel. Wat moet ik zeggen? Mijn moeder ligt in coma, mijn vader en ik voelen ons schuldig, iemand stuurt mij foto's van Daniël met vervelende teksten en dan is er ook nog de wedstrijd. Zonder al te veel emoties probeer ik mijn leraar te vertellen hoe het gaat, maar het is moeilijk. Mijn hoofd loopt om. Het is gewoon te veel. Zwijgend luistert hij naar mijn verhaal tot ik helemaal uitgesproken ben. Ik vertel hem alles, op de foto van Daniël na dan. Dat hou ik voor mezelf. Alleen Roos weet ervan.

'Ik heb dus gewoon geen idee wat ik moet doen. Moet ik verder met de wedstrijd of toch niet? Wat zou mijn moeder willen?'

Ik zie dat René even zijn wenkbrauwen optrekt. 'Wat wil je zelf? Ik denk dat je vader gelijk heeft. Je krijgt spijt als je stopt, en wat betreft je moeder: ik weet zeker dat ze je niets kwalijk neemt. Alles wat er nu gebeurt heeft te maken met wat er twee jaar geleden is voorgevallen. Ook daarin heeft je vader gelijk. Niemand is erbij gebaat dat jij je schuldig voelt, Ana, en jij al helemaal niet. Dus nogmaals: wat wil je zelf? Volg je hart.'

Ik hoor wat René zegt, maar ik weet niet goed wat ik zelf wil. *Dat weet je wel.* In gedachten zie ik Thomas. *Wil je alleen Thomas?* Ik denk terug aan de afgelopen periode. Moeilijk, zwaar, verdrietig, maar dan denk ik aan de leuke dingen. Het schrijven, de wedstrijd, de workshops, Thomas. Eigenlijk wil ik dat allemaal niet missen.

Ik sta op en geef René een hand. Mijn huiswerk laat ik achter. Misschien moet ik toch verdergaan met de wedstrijd. Ik ben zo dicht bij de finale. Nog twee rondes, nog twee opdrachten. Dat is alles. *Wat als ik win?* Het zou zomaar kunnen.

Ook Roos vindt dat ik door moet gaan. Natuurlijk. Ze is mijn grootste fan.

'Je kan winnen. Echt!' Enthousiast slaat ze haar arm om mijn nek en trekt me naar zich toe. We zitten voor het raam in de snackbar en delen samen een patatje oorlog. Buiten fietsen verschillende leerlingen voorbij.

Ook Ymke zie ik. In haar hand haar mobieltje. Blijkbaar is wat erop staat zo belangrijk dat ze al fietsend aan het lezen is. *Lekker veilig.* Opnieuw realiseer ik me dat ons vriendengroepje helemaal uit elkaar is gevallen. Ymke gaat net als Lucy voornamelijk haar eigen gang, en als ik haar al spreek doet ze afstandelijk en raar. Volgens Roos heeft ze een vriendje en is ze daarom druk. Wie weet, maar helemaal begrijpen doe ik het niet. Er is iets veranderd, maar wat, daar kan ik de vinger niet op leggen.

Roos en ik eten onze patat op en nemen dan afscheid. Het is al vier uur, en om vijf uur wil ik echt in het ziekenhuis zijn.

'Zie je morgen.' Ik steek mijn hand op en fiets weg. Al snel sla ik de bocht om naar de Van Halsstraat. In de verte fietst iemand langzaam voor me uit. Het is Ymke. Zo te zien is ze nu druk aan het bellen. Vast met dat nieuwe vriendje van haar. Ze slingert over de weg. Ik heb geen zin om haar te spreken dus sla ik bij de volgende straat opnieuw af. Dan moet ik iets omrijden, maar dat is altijd nog beter dan met haar te moeten praten.

Eenmaal thuis loop ik meteen naar boven. Mijn vader is zich aan het omkleden en ik wil nog even mijn mail checken. In mijn zak trilt mijn telefoon. Zonder op het display te kijken neem ik op.

'Met Ana.' Ik gooi mijn rugzak in de hoek en open mijn kledingkast.

'Hé, met Thomas.'

Even maakt mijn hart een extra slag. Het is alweer een tijdje geleden dat ik zijn stem heb gehoord. Ik wilde hem gisteren bellen om te vragen naar de workshop, maar door alle drukte is het er niet van gekomen.

'Hoe gaat het?' Thomas klinkt een beetje buiten adem.

'Ja, gaat wel. Ik ga zo weer naar het ziekenhuis.' Met de telefoon tussen mijn kin en mijn schouder pak ik een vest en T-shirt uit de kast.

'Hoe gaat het met je moeder?'

Snel doe ik verslag. Ook vertel ik Thomas over de gesprekken met mijn mentor, Roos en mijn vader. 'Dus ik denk dat ik toch maar mee ga doen met de volgende opdracht.'

Aan de andere kant van de lijn hoor ik niets en omdat ik bang ben dat de verbinding verbroken is, kijk ik even op het schermpje.

'Heb je al een verhaal geschreven dan?' Thomas' stem klinkt een beetje verbaasd. Hij lijkt wel teleurgesteld.

'Nee, nog niet. Daar ga ik vanavond aan beginnen. Gezien de opdracht moet ik toch wel met iets kunnen komen. Keuzes genoeg op dit moment in mijn leven.'

We praten nog even verder over de workshop van afgelopen zaterdag en natuurlijk over Lucy. Ik heb Thomas nog niets gezegd over de foto van Daniël; er speelden zo veel andere dingen. Snel vertel ik hem erover en als ik uitgesproken ben is hij het helemaal met Roos eens. Ook hij denkt dat Lucy erachter zit. Ze is van het begin af aan jaloers geweest en vindt blijkbaar dat ik succes heb over de rug van mijn overleden broertje. *Van mij mag ze met me ruilen.*

Thomas vraagt of het goed is als hij me morgen nog een keer belt. Natuurlijk is dat goed en met nieuwe vlinders hang ik op en kleed ik me om. De eerdere verbazing in zijn stem over mijn beslissing om door te gaan besluit ik te vergeten. Ik moet me vergist hebben. Ook moet ik denken aan wat Lucy een paar weken geleden zei. Dat Thomas tijdens de workshop alleen maar over mij had gepraat en vragen over me had gesteld. Ik vraag me af wat voor vragen, maar het feit dat hij blijkbaar heel geïnteresseerd in me is, geeft me een goed gevoel. Ik ben blij dat ik besloten heb om verder te gaan met de wedstrijd. Vanavond ga ik schrijven, nu moet ik eerst naar het ziekenhuis. Over keuzes gesproken.

Hoofdstuk 14

'Dit ga je niet geloven!' Roos ploft op de stoel tegenover me en gooit tegelijkertijd haar tas op tafel. Ik kan nog net mijn beker met hete thee wegtrekken. Met drukke gebaren maakt ze haar tas open en haalt er wat papieren uit.

'Herken je dit?' Met een dramatisch gebaar houdt ze het stapeltje voor mijn neus en wappert ermee.

Met moeite probeer ik te zien wat het is. Dan herken ik de papieren en verbijsterd gris ik ze uit haar hand. 'Hoe kom je daar nou aan?' Verbaasd kijk ik haar aan. 'Dit zijn mijn aantekeningen en stukken tekst die ik tijdens de eerste workshop kwijt ben geraakt!' Ik blader er vlug doorheen. Hoe komt Roos daaraan?

'Dat raad je nooit! Lucy liet haar tas vallen in de gang. Je weet wel, dat enorme ding. Al haar spullen op de grond. Het gebeurde net op het moment dat ik langsliep. Ik dacht aardig te zijn en wilde haar helpen en toen kwam ik deze papieren tegen. Ik herkende je handschrift meteen.'

Opnieuw kijk ik naar de stukken tekst die ik maanden geleden heb geschreven. *Nog voor mam een zelfmoordpoging deed.*

'Wat zei Lucy?' Ik leg de papieren neer en kijk Roos aan.

'Wat denk je? Die ontkende alles. Ze wist niet hoe die papieren in haar tas kwamen en wilde ze van me afpakken. Maar dat is niet gelukt!' Triomfantelijk kijkt Roos me aan.

Ik draai me om en kijk op de klok aan de muur. Het tussenuur is bijna voorbij. Snel sta ik op en pak mijn tas.

'Wat ga je doen?' Roos pakt haar tas en staat ook op.

'Ik ga naar Lucy. We hebben zo maatschappijleer. Vandaag gaan we het over sociale vaardigheden hebben. Nou, ik zal haar eens wat leren over sociale vaardigheden.' Boos loop ik naar de deur, waarbij ik bijna een brugklasser omverduw.

'Ana, wacht! Ik ga met je mee.' Snel loopt Roos achter me aan en samen steken we het schoolplein over, op weg naar het lokaal waar Lucy en ik zo les hebben. Ik kook bijna van woede. Genoeg is genoeg. En met de papieren in mijn ene hand open ik met de andere de deur van het gebouw. De foto van Daniël met de rode letters spookt door mijn hoofd. Tot aan vandaag twijfelde ik of Lucy daarachter zat, maar nu niet meer. Het is mij compleet duidelijk. *Jaloerse trut!*

Het is druk in de gang en Roos moet moeite doen om me bij te houden. Terwijl ik andere leerlingen probeer te ontwijken ren ik bijna, en dan ben ik eindelijk bij het lokaal. Als ik naar binnen loop, zie ik Lucy bij haar tafel staan. De klas is nog grotendeels leeg, maar al was hij propvol geweest, dan had het me nog niet kunnen schelen.

'Lucy!' Mijn stem klinkt scherp en geschrokken draait ze zich om. Ook de paar andere leerlingen die al binnen zijn kijken op.

Ik wapper met de papieren. 'Hoe kom je hieraan?' Woest kijk ik haar aan, maar Lucy's ogen staan angstig en ze houdt haar lippen stijf op elkaar. Even flitst het door mijn hoofd dat de Lucy die ik ken totaal veranderd is. *Weg grote mond.*

'Ik kan gewoon niet geloven dat je zoiets gedaan hebt.' Boos open ik mijn rugzak en pak mijn agenda eruit. De papieren prop ik op hetzelfde moment in mijn tas.

'En dit, waarom heb je zoiets in mijn tas gestopt?'

Lucy kijkt met opengesperde ogen naar de krantenfoto van Daniël met de rode viltstifttekst. Ze schudt haar hoofd. 'Daar weet ik niets van. Echt niet. Ik zweer het! Ik heb daar niets mee te maken. En ik weet ook niet hoe die papieren in mijn tas zijn gekomen! Dat heb ik ook al tegen Roos gezegd!' Met rode wangen probeert Lucy zich te verdedigen.

Maar ik geloof haar niet meer. 'Je liegt! Je bent een jaloerse, zelfingenomen trut en ik wil nooit meer iets met je te maken hebben.' In mijn boosheid doe ik nog een stap naar voren, waardoor Lucy angstig naar achteren beweegt. Ze struikelt bijna over haar stoel, maar kan zich nog net vasthouden aan de tafel. In het lokaal is het verder doodstil. Ik ben nog nooit zo boos geweest.

'Lankhorst komt eraan.' Roos roept hard door de klas, maar ik ben nog niet klaar en kijk Lucy nog één keer aan. Mijn ogen samengeknepen.

'Ik waarschuw je, Lucy. Blijf uit mijn buurt of ik sta niet voor mezelf in. En ik geef maar één waarschuwing!' Met mijn wijsvinger prik ik in haar borstkas. Dan draai ik me om en loop naar mijn tafel. Net op het moment dat de lerares binnenkomt ga ik zitten. *Perfect getimed.* Roos zit al en zegt niets, ze kijkt me alleen maar bewonderend aan.

'Wat?' sis ik haar toe. Ze schudt haar hoofd en begint te lachen.

'Ik heb je nog nooit zo gezien. Jou moet je dus niet kwaad maken.' Ze geeft me een knipoog en opent haar boek.

Ik kijk nog een keer opzij naar Lucy. Haar rode wangen zijn verdwenen. Wit zit ze op haar stoel. Haar blik op haar boek. Opnieuw voel ik een vlaag woede door me heen gaan. Hoe kon ze!

Als de les vijftig minuten later afgelopen is lopen Roos en ik samen naar buiten. Ik heb geen zin om in de kantine te lunchen. Te veel mensen, te veel vragen. Roos begint weer over Lucy, maar ik ben er wel klaar mee. Ergens ben ik opgelucht. Lucy is gestoord, maar voor zover ik kan inschatten niet gevaarlijk. Nu ik weet wie er achter die rotgeintjes zit, hoef ik me daar in elk geval niet meer druk over te maken.

'Ik zou het toch aan Van Meren vertellen. Die trut is niet goed bij haar hoofd.' Verontwaardigd zwaait Roos met haar armen, waarbij haar tas rakelings langs mijn gezicht vliegt.

'Nee, ik heb haar gewaarschuwd. Ze zal zich voortaan wel gedeisd houden. Ik wil me nu op mijn moeder en de wedstrijd concentreren.' *En op Thomas.*

Roos legt zich erbij neer, maar ik kan zien dat ze het er niet mee eens is. Het liefst had ze Lucy eigenhandig in elkaar geslagen.

'Hoe gaat het eigenlijk met je moeder?' Roos doet haar rode krullen in een knot en kijkt me vragend aan.

Ik haal mijn schouders op. Met mijn moeder gaat het nog hetzelfde. Niet goed en niet slecht. Ze ligt nu al een paar weken in coma en reageert nergens op. Elke dag zit ik naast haar bed en praat ik tegen haar, net als mijn vader, maar het maakt niet uit. Er komt geen reactie. Toch hou ik het vol. Ik wil gewoon geloven dat het helpt. Het kan in elk geval geen kwaad.

We gaan op een bankje zitten en ik stop mijn handen in mijn jaszakken. Uit mijn mond komen kleine wolkjes. Het is best koud.

'Kijk, er hebben al heel veel mensen op je laatste verhaal gestemd.' Roos houdt haar mobieltje onder mijn neus. In beeld de Imagine!-website met de status van de vijf deelnemers. Ook ik sta erbij. Mijn verhaal gaat over een moordenaar die levenslang in de gevangenis moet zitten en de keuze heeft tussen leven en dood. Kiest hij voor een leven in gevangenschap of voor de vrijheid van de dood? Niet een van mijn beste verhalen, maar hopelijk goed genoeg.

Deze ronde gaat het anders dan de afgelopen maanden. De drie finalisten worden niet via de website op zaterdag bekendgemaakt, maar de laatste vijf kandidaten zullen vanavond, vrijdag dus, allemaal gebeld worden of ze door zijn naar de finale of niet. De drie finalisten zullen dan morgen al workshops hebben in Amsterdam. Dan krijgen we ook onze opdracht te horen, waar we die dag aan gaan werken. Ik realiseer me dat ik er in gedachten al van uitga dat ik door ben, maar zo vanzelfsprekend is dat niet.

'Denk je dat ik kans maak om te winnen?' Onzeker kijk ik Roos aan, die zich bijna verslikt in haar appel.

'Wat denk jij nou?! Je zit niet voor niets bijna in de finale! Je bent steeds eerste geweest, de laatste keer telt niet mee. En kijk naar de website. Het gaat hartstikke goed!' Terwijl ze tegen mijn schouder duwt houdt Roos nogmaals haar telefoon onder mijn neus.

Ze heeft een punt, maar de tussenscores op de website zijn gebaseerd op de stemmen van het publiek. De punten van de vakjury zitten daar nog niet bij. De laatste keer deed Aukje het best wel goed bij het publiek, maar door de vakjury ging haar puntentotaal naar beneden en toen lag ze er toch uit. Echt jammer.

We praten nog even door en gaan dan naar de volgende les. Roos naar scheikunde, ik naar muziek. Niet dat ik er veel zin in heb. In gedachten ben ik bij vanavond en het telefoontje waar ik op wacht. Ik hoop dat ik door ben naar de laatste ronde. De finale! *En Thomas ook.* Ik vraag me af hoe het met hem gaat. De afgelopen week heb ik hem maar een paar keer gesproken. *Veel te weinig.* Nog een reden om door te willen. De finalisten zullen nog een laatste workshop volgen. En die is morgen al! Leuk, maar het leukste is natuurlijk dat Thomas en ik dan de hele dag weer bij elkaar zijn. *Maar dan moet ik eerst door zijn.*

Diep in gedachten zit ik tijdens de muziekles op mijn papier te krabbelen. Nietszeggende tekeningen, die niks te maken hebben met muziektheorie. Pas als de bel gaat kijk ik op en schrijf snel het huiswerk over van het bord. Dan prop ik mijn spullen in mijn tas. Op naar het ziekenhuis. Al is het elke dag hetzelfde en al ligt mijn moeder aan allerlei infusen en monitoren, ik vind het toch prettig om bij haar te zijn. Mijn vader en ik wisselen elkaar tegenwoordig af. Hij gaat 's avonds en ik ga in de middag. Op die manier is er altijd iemand bij haar. Daarbij, als alles goed gaat moet ik morgen naar Amsterdam en kan ik mijn moeder helemaal niet bezoeken. Te laat komen is dus geen optie en snel pak ik mijn jas en loop naar het fietsenhok.

Het ziekenhuis is niet ver. Hooguit vijfentwintig minuten fietsen, maar het is wel koud, dus ik probeer stevig door te trappen, zodat ik een beetje warm blijf. De beweging maakt dat ik me goed voel. Alsof ik vlieg, zo snel ga ik.

Dan rij ik het terrein van het ziekenhuis op en zet mijn fiets op slot. In mijn jaszak hoor ik mijn mobieltje overgaan.

'Met Ana.' Bijna laat ik mijn fietssleutel op de grond vallen. Klooiend met mijn telefoon, tas en sleutel probeer ik te horen wie er aan de andere kant van de lijn is.

'Hallo Ana, je spreekt met Sandra Grooten van Imagine!.

Ik blijf meteen staan. Sandra Grooten? Imagine!? Die zouden toch pas vanavond bellen? Waarom belt ze nu al? Dat is vast geen goed teken. Ik ben vast niet door. Mijn hart maakt een paar extra slagen. Dat zal toch niet? Niet na alles wat er gebeurd is.

Om me heen lopen bezoekers en patiënten van het ziekenhuis naar binnen, maar ik heb er weinig aandacht voor. *Waarom word ik nu al gebeld?*

'Ik zal het kort houden, want je zult wel benieuwd zijn. We hebben je verhaal over keuzes gelezen. Het zag er weer prima uit, Ana. En dat is ook te zien aan het aantal stemmen dat je hebt gekregen van het publiek. Het verhaal zat vol dilemma's, mogelijkheden, spanning, kortom: complimenten van alle juryleden. We hebben natuurlijk onze punten opgeteld bij de stemmen van het publiek en daar is uit gekomen dat…' Even is het stil. Sandra voert duidelijk de spanning op. Ik hou mijn adem in. Wat is eruit gekomen? Waarom praat ze niet verder?

'… je een van onze drie finalisten bent!' Lachend gooit Sandra Grooten de laatste woorden eruit. Het nieuws dringt maar langzaam tot me door. Ik ben een van de drie finalisten! Ik ben door naar de finale! Ik! Ik kan het bijna niet geloven en weet niet goed wat ik ervan moet denken.

'Ben ik echt door?' Er klinkt twijfel in mijn stem, maar Sandra Grooten bevestigt het nog eens. Er is geen twijfel mogelijk, en terwijl ik even op een bankje in de grote hal van het ziekenhuis ga zitten, vertelt Sandra me wat er tijdens deze laatste ronde allemaal gaat gebeuren.

'Dus morgen komen jij en de twee andere finalisten naar Amsterdam. Dan worden er meteen foto's gemaakt voor de website, *Schrijven Magazine* en nog een paar andere bladen. Als de foto's gemaakt zijn, worden ze tegelijk met de uitslag gepubliceerd op de Imagine!-website. Dan wordt ook voor het publiek bekend wie de drie finalisten zijn.'

Voor zover het dan nog niet is uitgelekt. Ik kan me voorstellen dat de verliezers het niet zo nauw nemen met de eerder gemaakte afspraken.

'De finalisten gaan daarna hun laatste workshops volgen en, heel belangrijk, krijgen hun laatste opdracht.'

Sandra is uitgesproken en houdt haar mond. Volgens mij verwacht ze dat ik iets zeg, maar ik ben nog steeds sprakeloos. *En Thomas, is Thomas ook door?*

'Wie zijn er nog meer door?'

De uitgeefster begint te lachen. 'Zoals je weet houden we dat nog even geheim. Kortom, dat hoor je morgen wel.'

Ik kan haar wel door de telefoon trekken, maar ze is onvermurwbaar en drukt me nogmaals op het hart alleen aan mijn vader te vertellen dat ik door ben en ook geen contact op te nemen met de andere kandidaten.

'We willen echt proberen het geheim te houden tot morgen eind van de ochtend.' Na nog een korte groet hangt ze op.

Ik blijf nog even op het bankje in de hal zitten. Dan stuur ik een kort sms'je naar Roos: Ben door! Mondje dicht hoor, het moet nog geheim blijven! Xxx A. Daarna sta ik op en loop naar de afdeling Neurologie. Ik kan niet wachten tot het morgen is.

Ze ziet er veel te blij uit. Snel doe ik een stap terug en ga achter een rek met ansichtkaarten staan. Ik weet waar Ana naartoe gaat. Op bezoek bij haar moeder. Ze heeft meer contact dan ooit met dat mens nu ze in coma ligt. Hypocriete trut. Eigenlijk had ik gehoopt dat ze zou stoppen met de wedstrijd toen haar moeder het ziekenhuis in ging, maar helaas, blijkbaar vindt ze de wedstrijd toch belangrijker.

Terwijl ik een stap opzij doe voor iemand die de kaarten wil bekijken, zie ik hoe Ana een stukje verderop voor de liftdeuren stilstaat. Ik vraag me af wie ze net gesproken heeft. Het moet goed nieuws geweest zijn. Ze had zo'n big smile op haar gezicht. Je zou bijna denken dat ze de lotto gewonnen heeft.

Ik probeer te begrijpen waarom ze zo blij is. Misschien heeft het iets met de wedstrijd te maken. Ik baal ervan dat ze al zo ver gekomen is. De kans dat ze naar de finale gaat is groot, maar ook daar ben ik op voorbereid. Ze zal niet ontsnappen. Ze heeft er zelf om gevraagd. En nee, ik vergeef niet zo snel als anderen. Zij is het misschien vergeten, maar ik zeker niet.

Grimmig kijk ik toe hoe Ana de lift in stapt. Op weg naar haar moeder. Als het aan mij ligt komt dat mens nooit meer bij. Hoe meer ellende voor die trut, hoe beter. Jammer dat haar moeder nog leeft. Nog meer sympathie voor die arme, zielige, keurige Ana.

In mijn tas zoemt mijn mobiel. Snel neem ik op. Misschien krijg ik nu antwoord op mijn vraag.

'Nu al? En? Wat is de uitslag?' Terwijl ik luister naar de stem aan de andere kant van de lijn, stel ik me in gedachten voor hoe Ana naast haar moeder gaat zitten. De brave dochter.

Aan de telefoon bevestig ik de al eerder gemaakte afspraken, beloof dat ik vanavond terugbel en hang dan op. Het is tijd om te gaan. Buiten zie ik rechts van de ingang Ana's fiets staan, en hoewel ik de andere kant op moet loop ik toch naar rechts. Snel kijk ik om me heen, dan ga ik op mijn hurken zitten en haal een zakmes uit mijn tas. Gejat van mijn vader. Ik kijk nog een keer goed om me heen en steek het mes dan in Ana's achterband. Met een sissend geluid loopt het ding leeg. Net een slang.

Snel trek ik het mes terug, knip het dicht en stop het weer in mijn tas. Slechts een paar seconden en het is gepiept. Dat zal ervoor zorgen dat ze straks een stuk minder vrolijk is. Ik steek mijn hand in mijn tas en voel het koele heft van het zakmes. Het is een lekker gevoel en het kalmeert me. Net als het lekprikken van de fietsband. Nog één keer kijk ik om. Het is jammer dat ik geen tijd heb om te wachten tot ze weer naar huis gaat. Ik had graag haar gezicht gezien. Maar alles op z'n tijd. Er zijn belangrijkere dingen. Zoals nadenken hoe nu verder. Want verder ga ik zeker. Ik ben nog lang niet klaar.

Hoofdstuk 15

Ik vertel mijn moeder van alles over de wedstrijd en natuurlijk dat ik door ben naar de finale. Ergens hoop ik dat ze me kan horen en dat ze trots op me is. Ik probeer te denken aan de woorden van mijn vader en René. Dat het allemaal komt door haar depressie, het verlies van Daniël. Ergens weet ik dat ook wel, maar ik blijf twijfelen.

In mijn broekzak voel ik mijn telefoon trillen. Eigenlijk had ik dat ding uit moeten zetten, maar dat ben ik vergeten en terwijl ik mijn moeders hand blijf vasthouden, peuter ik mijn mobiel uit mijn broekzak. Het is een berichtje van Thomas. Ik ben door. En jij?

Blij begin ik een antwoord terug te tikken. Ik weet best dat Sandra heeft gezegd dat we geen contact mogen zoeken met de andere kandidaten over de uitslag, maar daar trek ik me lekker niets van aan. Bovendien: Thomas heeft mij eerst zijn uitslag verteld. Snel druk ik op 'send' en blijf met de telefoon in mijn hand naast mijn moeders bed zitten, maar er komt geen antwoord meer. Opnieuw stuur ik een berichtje. Misschien heeft hij het andere sms'je niet ontvangen, maar ook nu krijg ik geen antwoord.

Zuchtend sta ik op en geef mijn moeder een kus.

'Morgen ben ik er niet, mam. Dan is de laatste workshop. Ik zie je zondag dus. Ik hou van je.' Ik kijk nog een keer naar haar bleke gezicht en vraag me af wat er in haar hoofd omgaat. Zou ze weten dat ik er ben? Komt ze ooit nog bij?

In de gang groet ik de verpleegkundige achter de balie. Ik heb haar al vaker gezien en meestal brengt ze me een kopje thee en blijft ze even praten. Maar vandaag niet, vandaag is het een drukke dag op de afdeling en met haar neus in een stapel dossiers steekt ze haar hand op, om meteen weer verder te lezen. In de grote hal van het ziekenhuis is het ook druk. Het is bezoekuur, dus veel bezoekers zitten met patiënten in de hal een kopje koffie te drinken. Opnieuw denk ik aan mijn moeder. Zal ik ooit nog met haar koffiedrinken?

'Ana!' Bij het horen van mijn naam draai ik me om, en ik kijk recht in het gezicht van Ymkes moeder. Het valt me op hoeveel Ymke op haar lijkt. Dezelfde ogen, dezelfde kleur haar en zelfs hun gezichtsuitdrukking is bijna hetzelfde.

'Mevrouw Kroon? Hoe gaat het met u?' Enigszins verbaasd kijk ik haar aan. Wat doet zij nou hier? Maar dan realiseer ik me dat de moeder van Ymke vrijwilligerswerk doet in het ziekenhuis. *Bij gebrek aan een echte baan*, denk ik er een beetje spottend achteraan. Om me vervolgens meteen schuldig te voelen. Mijn moeder doet helemaal niets. Geen werk en zeker geen vrijwilligerswerk.

'Het gaat uitstekend. Maar hoe gaat het nu met jou? En je moeder? Wat een vreselijke situatie toch.' Bezorgd kijkt ze me aan, terwijl ik mijn schouders ophaal.

'Het gaat. Eigenlijk is alles nog steeds hetzelfde.' Even blijft het stil. 'Maar hoe is het eigenlijk met uw moeder? Ik hoorde laatst van Ymke dat het niet zo goed met haar gaat?' Ik denk opnieuw terug aan de toevallige ontmoeting met Ymke op het station. Ze kwam toen bij haar oma vandaan. De moeder van haar vader was vorig jaar overleden, dus het moest om haar oma van moederskant gaan. Ymkes moeder trekt even haar wenkbrauwen op. 'Mijn moeder? Het gaat prima met mijn moeder, hoor. Ze zit al een paar maanden in Portugal. Daar overwintert ze samen met mijn vader in een eigen appartement. Echt geweldig.' Ze is mijn vraag inmiddels vergeten en praat nog even door over hoe heerlijk het in Portugal is in deze tijd van het jaar, terwijl ik nadenk over Ymke. Waarom zei ze toen dat ze bij haar oma was geweest? Ik begrijp er niets van.

'Nou, ik moet er echt vandoor, Ana. Er wachten patiënten op me.' Mevrouw Kroon kijkt me nog een keer aan. 'Sterkte met je moeder, het komt vast goed. Kom gauw weer eens langs. Ik heb jou en Roos al tijden niet meer gezien. Je weet toch dat jullie altijd welkom zijn?'

Zwijgend knik ik en ik steek mijn hand op. Langskomen zit er niet in, maar dat hoeft zij niet te weten. Dan loop ik naar buiten. Ymkes leugen blijft me een beetje dwarszitten. Waarom zou ze liegen over waar ze geweest is? En dan ook nog een leugen over de gezondheid van haar oma. Zoiets doe je toch niet? En liegen tegen een vriendin? *Jullie zijn geen vriendinnen meer.* Het stemmetje in mijn hoofd heeft gelijk, maar toch zit het me niet helemaal lekker.

In gedachten loop ik naar mijn fiets en haal hem van het slot. Opnieuw kijk ik op mijn telefoon. Thomas heeft nog steeds niets van zich laten horen. Vreemd. Hij is vast even bezig, of misschien is zijn batterij wel leeg. Er kunnen zo veel verschillende redenen zijn.

'Shit!' Geïrriteerd kijk ik achterom. Mijn achterband is leeg. Zo plat als een dubbeltje. Ik stap weer af en kijk nog eens goed. Dan zie ik een fikse snee. Het lijkt wel of iemand de band lek heeft gestoken.

'Niet te geloven! Dat heb ik weer!' Mopperend zet ik de fiets weer terug in het rek. Daar kan ik niet meer op fietsen. Dat wordt de bus; mijn vader moet mijn fiets vanavond maar in de achterbak van de auto gooien. Lekker dan. Boos gooi ik mijn tas over mijn schouder en loop naar de bushalte. In mijn broekzak trilt mijn telefoon en als ik Thomas' naam in het display zie, ebt mijn boosheid een beetje weg. Ik heb meteen weer kriebels in mijn buik. Wat kan mij eigenlijk die stomme fiets schelen. Er zijn belangrijkere dingen. Zoals sms'jes van Thomas. Nieuwsgierig open ik het berichtje.

Goed dat je door bent. Zie ik je morgen weer in Amsterdam. Leuk!!! Heb je gemist. X

Alle irritatie is verdwenen. Mijn dag kan niet meer stuk.

De workshop verloopt prima. Ik ben blij dat ik Thomas weer zie, maar veel tijd om elkaar te spreken hebben we niet. Er moeten foto's worden gemaakt en ook moeten we wat vragen beantwoorden van een journalist die een artikel schrijft voor *Schrijven Magazine*. Allemaal heel relaxed. Er worden niet eens vragen over mijn moeder en Daniël gesteld. Het gaat alleen maar over schrijven en de wedstrijd.

In de pauze hebben Thomas en ik eindelijk tijd om elkaar te spreken en we besluiten om even naar buiten te gaan en een rondje over het terrein van de Westergasfabriek te lopen. Eerst is het een beetje onwennig. Sinds het gedoe bij mij thuis hebben we elkaar niet meer gezien. Ik vraag me af of hij me nog steeds leuk vindt, maar als hij me plotseling achter een van de gebouwen trekt en me kust, ben ik al mijn twijfels vergeten. Vlinders in mijn buik nemen het over en ik sla mijn armen om hem heen. Na de zoen weet ik niet wat ik moet zeggen.

'Hoe gaat het nu thuis?' Thomas legt een arm om mijn schouder en samen lopen we verder. Het voelt heerlijk, maar ook wat ongemakkelijk.

'Ja, gaat wel. Mijn moeder ligt nog steeds in het ziekenhuis. Ze komt maar niet uit die coma.'

'Gaat dat nog wel gebeuren dan?' Thomas stem klinkt zachtjes. De vraag verrast me een beetje. Niemand heeft me dat gevraagd. Meestal zeggen mensen dat het wel goed komt. Dat ik vertrouwen moet hebben. Op internet heb ik gezocht naar comagevallen. Verhalen over mensen die na jaren alsnog uit een coma komen. Mensen die allang waren opgegeven. Een vrouw die na dertig jaar bijkwam en om een cola vroeg.

'Ik weet het niet.' Ik moet opnieuw denken aan het gesprek dat mijn vader weken geleden met de dokter had en dat ik achter de deur had afgeluisterd. 'We moeten afwachten wanneer en vooral óf uw vrouw weer bij bewustzijn komt,' had hij gezegd. Vooral het woordje 'of' was blijven hangen. *Of uw vrouw weer bij bewustzijn komt.* Opnieuw kijk ik Thomas aan.

'De dokter weet niet of mijn moeder nog bijkomt. Hoe langer ze in coma blijft, hoe kleiner de kans.' Dat laatste had ik op internet gelezen.

Thomas haalt zijn schouders op. 'Lullig.'

Verder zegt hij niets. Af en toe kan hij zo vaag zijn. Aan de andere kant is zijn nuchtere reactie wel prettig. 'Lullig' zegt het eigenlijk wel helemaal. *Lullig dat je moeder in coma ligt, lullig dat je broertje dood is, lullig dat ik jou zo weinig zie, lullig, lullig, lullig...*

De rest van de middag verloopt rustig. We moeten werken aan de schrijfopdracht die gaat bepalen wie de winnaar wordt. Geen thuiswerk meer, en ook niet insturen via e-mail. Dit keer moeten we onze bijdrage meteen schrijven en inleveren. Dus geen tijd om te denken aan Thomas, vlinders in mijn buik en de zoen tijdens de pauze.

Dan is het alweer tijd om naar huis te gaan, voor de laatste keer. Samen met Thomas loop ik naar de hal. Als ik afscheid van hem wil nemen, buig ik me naar voren voor een kus. Hij draait zijn hoofd weg en zijn lippen belanden op mijn wang. Even frons ik mijn voorhoofd. *What the fuck?* Dan realiseer ik me dat hij zich waarschijnlijk ongemakkelijk voelt tussen de andere kandidaten, mensen van de organisatie en de ouders die binnen zijn gekomen.

'Zie ik je nog tussen nu en de finale? Volgende week zaterdag misschien?' Hoopvol kijk ik Thomas aan, maar die schudt zijn hoofd.

'Sorry, ik heb al een afspraak. Kom ik niet meer onderuit. We mailen en bellen, oké?'

En voor ik nog iets kan zeggen draait hij zich om en loopt naar de uitgang. Niemand komt hem ophalen. *Net als alle andere keren.* En ik realiseer me dat ik eigenlijk heel weinig van hem weet. Lekker belangrijk, denk ik bijna tegelijkertijd. Het gaat erom dat ik hem leuk vind. *En hij mij.*

Nog twee weken en dan is de finale. Ik vraag me af of ik een kans maak om te winnen. Bij de laatste opdracht was ik derde geworden. Mijn verhaal over keuzes was dan wel door naar de finale, maar Thomas was die keer eerste geworden en Myrthe opnieuw tweede. Ik was dus eens niet op nummer één geëindigd, maar op nummer drie! En daarmee was ik de slechtste van de besten. Helemaal zeker dat ik ga winnen ben ik dus niet. Thomas en Myrthe maken net zo veel, of misschien wel meer kans.

Toch verheug ik me op de finale. Als het niet vanwege de uitslag is, dan toch wel om Thomas. Hoe dan ook, ik kan niet wachten!

Dan loop ook ik naar de uitgang. Roos en haar vader komen me ophalen en staan waarschijnlijk al te wachten. Het is tijd om naar huis te gaan.

Hoofdstuk 16

Met een kriebel in mijn buik spring ik uit bed. Vandaag is het zover! De finaledag! De laatste twee weken zijn omgevlogen. Na alle opdrachten en workshops, en de dingen die hier thuis de afgelopen maanden zijn gebeurd, zal het vanmiddag eindelijk duidelijk worden wie de winnaar is van de schrijfwedstrijd. Bijna struikel ik over het matras van Roos, dat naast mijn bed op de grond ligt. Ik was even vergeten dat ze gisteravond is blijven slapen. Gistermiddag ben ik samen met haar op bezoek bij mijn moeder geweest en daarna is Roos met me mee naar huis gegaan.

We hebben over van alles gekletst en even leek het alsof er niets gebeurd was. Of alles weer was zoals het hoorde te zijn. Zonder het verdriet om Daniël, zonder de problemen met mijn moeder, zonder mijn onzekerheden en zeker zonder alle drama's die Lucy de afgelopen maanden nog eens veroorzaakt heeft. Begrijpen kan ik haar acties nog steeds niet. Ik heb haar zelfs verdacht van het lek prikken van mijn achterband, maar kan me toch ook weer niet goed voorstellen dat Lucy me helemaal naar het ziekenhuis volgt om mijn band lek te steken. Dat gaat misschien zelfs voor haar te ver. *Dat dacht je van die foto ook.*

'Hé, goeiemorgen, slaapkop!' Roos staat in de deuropening met een handdoek om zich heen geslagen. Ze heeft net gedoucht. Het water druppelt langs haar blote benen op de grond. Roos kan soms zo slordig zijn.

'Hoe laat moeten we weg?' Ik kijk op mijn wekker. Het is tien uur. Om vier uur vanmiddag begint de prijsuitreiking en wordt bekendgemaakt wie gewonnen heeft. Aansluitend is er nog een soort feestje. *Stel dat ik win!*

'Ik moet er om drie uur zijn, dus als we om half twee vertrekken, dan zijn we op tijd.'

Even moet ik aan mijn moeder denken. Een paar dagen geleden leek het er even op dat ze bijkwam. Ik vertelde haar over de schrijfwedstrijd en de laatste workshop. Ik vertelde haar zelfs over Thomas, dat we opnieuw hadden gezoend en dat ik hem heel erg leuk vind en hij mij ook. Op dat moment begonnen haar ogen te knipperen en haar vinger bewoog. Ik dacht dat ik gek werd en riep meteen een verpleegkundige erbij. Maar het betekende niets. Volgens de arts dan. Hij zei dat dit wel vaker gebeurt. Dat er nog steeds sprake is van een verlaagd bewustzijn, maar dat er voor volgende week weer een EEG gepland staat en een CT-scan zodat bekeken kan worden wat haar toestand is. Hij zag geen reden om dit meteen te doen, zelfs niet toen mijn vader erom vroeg. *Soms haat ik dokters.* Een week wachten is een eeuwigheid. Wat als mijn moeder wel aan het bijkomen is, heeft ze dan geen andere behandeling nodig?

Zuchtend open ik mijn kledingkast. Ik heb werkelijk geen idee wat ik aan moet. Met mijn vingers glij ik langs de verschillende kledingstukken. Rokken, broeken, jurkjes, T-shirts. Mijn moeder zou het wel geweten hebben.

Trek iets netjes aan, Ana. Je wilt toch goed overkomen? Iets tijdloos, zodat je over tien jaar niet naar die foto's kijkt en zeurt dat je er belachelijk uitziet omdat de mode toen zo anders was. In gedachten hoor ik het mijn moeder zeggen en ik moet er een beetje om glimlachen. Ergens heeft ze wel gelijk. Als ik nu kleuterfoto's van mezelf zie, gruwel ik soms van de kleuren die ik draag. Om over de pasvorm nog maar niet te spreken.

Plotseling staat Roos naast me. Wrijvend met de handdoek over haar natte haar. 'Waarom doe je dat rode jurkje niet aan? Dat staat je hartstikke goed.' Voor ik iets kan zeggen haalt ze het uit mijn kast en houdt het voor mijn lichaam. 'Ja. Dit moet je aantrekken. Ik weet zeker dat je vader het met me eens is.' Triomfantelijk kijkt ze me aan.

Opnieuw denk ik aan mijn moeder. Ik heb dat jurkje samen met haar gekocht. Nog maar een paar maanden geleden, net na de zomer. Ze twijfelde een beetje over de kleur, maar toen ik het aanhad was ze om. 'Net een echte dame,' had ze gezegd, waarna ze even met haar hand over mijn wang had gestreken. Ik weet het nog goed. Dat soort momenten zijn er maar weinig geweest sinds de dood van Daniël.

Ik pak het jurkje aan en knik instemmend. Als mijn moeder er niet bij kan zijn, dan trek ik in elk geval iets aan wat ze mooi vindt. Zodat ze straks de foto's en de video's kan zien en trots kan zijn. Ik hang het over de stoel en stap over het matras heen. Snel naar de badkamer, voor mijn vader gaat douchen. Ik heb absoluut geen tijd om te wachten. Om half twee moeten we echt naar Amsterdam. Samen met Roos, haar ouders, mijn vader en een paar klasgenoten van het Drieluik College. Zelfs René van Meren komt. Ook de al eerder afgevallen kandidaten zullen er allemaal zijn. *Behalve Lucy.*

Van Ymke heb ik helemaal niets meer gehoord en als ik haar zie heeft ze altijd haast en moet ze ervandoor. *Vast druk bezig met dat vriendje van haar.* Ik ga er maar van uit dat ze niet komt. Lucy daarentegen wil niets meer te maken hebben met de wedstrijd. En eerlijk gezegd denk ik dat dat het beste is. Het blijft een vervelende toestand. *Maar niet mijn probleem.* Snel schiet ik langs Roos naar de badkamer.

De rest van de ochtend ben ik bezig met aankleden, mijn haar opsteken, kletsen met Roos en natuurlijk ontbijten. Roos en ik praten honderduit over vanmiddag. Ga ik winnen of niet? Roos is ervan overtuigd en schermt zoals gewoonlijk met haar mobiel. Ze laat de statistieken van de afgelopen maanden op de Imagine!-website zien.

Mijn vader zegt niet zo veel en luistert alleen maar, hoewel ik zie dat hij af en toe zijn lachen moet inhouden. Het geeft me een blij gevoel. Alsof alles oké is.

Dan kijk ik naar de lege plek aan tafel. Ik wilde dat mijn moeder daar gewoon zat.

Roos haalt me uit mijn gepeins; ze heeft net een bericht gehad van een vriendin, die via Facebook een oproep heeft gedaan om op mijn verhaal te stemmen. Ik zie hoe ze een stuk brood in haar mond propt en ondertussen druk tikkend een bericht terugstuurt. Even kijk ik mijn vader aan. Hij trekt zijn wenkbrauwen op en geeft me daarna een knipoog. Blij neem ik een hap van mijn boterham. Wat er vandaag ook gebeurt, het wordt een mooie dag!

Net voor ik de auto in stap gaat mijn telefoon. Het is Thomas. Een warm gevoel trekt door me heen. De laatste keer dat ik hem heb gezien was tijdens de workshop twee weken geleden. Na de pauze tintelde mijn hele lichaam nog na van de kus en viel het niet mee om me te concentreren op de schrijfopdracht. Voor de finale moesten we namelijk een kort verhaal schrijven met als onderwerp: 'Wat is jouw droom?' En na die kus had ik eigenlijk nog maar één droom. *Nog meer kussen met Thomas.* Dat maakte het schrijven wel lastig, vooral ook omdat het daar en op dat moment moest gebeuren. Geen gelegenheid om het verhaal thuis nog te verbeteren; het werd meteen dezelfde avond op de website gepubliceerd. Die tijdslimiet was een uitdaging op zich.

Door de telefoon klinkt Thomas' stem rustig. Niets te merken van zenuwen. Thomas is altijd relaxed. Ik voel me verre van kalm. Ik ben bloednerveus en kan me nauwelijks concentreren. Ik kan me niet voorstellen dat ik ga winnen, maar stel dat ik wel win? Misschien wordt alles dan wel anders. Minder verdrietig. En misschien krijg ik mijn moeder dan ook wel terug en is zij ook trots op me en heeft ze daarom minder verdriet om Daniël.

Thomas en ik praten heel kort. Hij moet ook zo vertrekken en Roos en mijn vader staan inmiddels al bij de voordeur.

'Zie je straks.' Het kriebelt in mijn buik als ik aan straks denk en dat heeft niets met de prijsuitreiking te maken.

'Tot straks,' klinkt het terug. Dan hang ik op. Amsterdam wacht. *En heel misschien de prijs ook wel.*

Op de grachten rond het Felix Meritisgebouw is het druk. Alle parkeerplekken zijn bezet en mijn vader moet een paar rondjes rijden voor hij eindelijk een plekje vindt. Zenuwachtig stap ik uit, terwijl Roos nog een keer op haar mobieltje kijkt.

'Zet dat ding toch eens uit!' Geïrriteerd geef ik haar een por. Ze is met ons meegereden, haar ouders komen iets later. Ik weet dat ik me erger omdat ik zenuwachtig ben, maar het blijft abnormaal om de hele tijd met zo'n mobiel in je handen te zitten.

Net als Thomas. Tijdens de laatste workshop was hij tussendoor ook de hele tijd bezig met dat ding. Tot hij op een gegeven moment zelfs een waarschuwing kreeg. De afspraak was dat mobieltjes tijdens de workshops werden uitgezet. In de pauze mocht je even kijken, maar Thomas was de laatste keer continu met dat ding bezig geweest. Met wat of wie mag Joost weten, want toen ik als grapje over zijn schouder mee wilde kijken hield hij zijn scherm verborgen en draaide hij zich weg. Het gaf me een raar gevoel. Later zei hij dat een vriend van hem wat problemen had, en toen vond ik het toch wel lief dat hij zo voor hem klaarstond.

'Ana, heb je alles bij je? Je tas?' Mijn vader staat met zijn autosleutel in zijn hand en kijkt me aan. Ik knik en hij sluit af. Dan lopen we naar Felix Meritis. Met elke stap voel ik de zenuwen toenemen, helemaal als ik zie dat er voor de ingang een korte rode loper is uitgerold. Net echt. Ook staan er een paar mensen met fotocamera's. Ik haal diep adem en loop dan verder. Mijn arm door die van mijn vader gestoken. Als de camera's beginnen te flitsen voel ik me bijna een filmster.

'Welkom bij de prijsuitreiking van de grootste schrijfwedstrijd van het afgelopen jaar: Imagine!' Vanuit de zaal klinkt een hard applaus en de presentator houdt even zijn mond en glimlacht beleefd. De zaal is niet enorm groot, maar zit wel helemaal vol. Ik heb voor ik ging zitten verschillende klasgenoten gezien. En mijn leraar Nederlands, die breed lachend zijn hand opstak, Roos, de ouders van Roos en natuurlijk mijn vader. Roos zit naast mijn vader en toen ik zelf op de eerste rij naast Thomas ging zitten, heb ik even naar ze gezwaaid. Ik moet nog steeds lachen om het spandoek dat mijn klasgenoten gemaakt hebben. De woorden ANA en WINNEN zijn duidelijk te lezen.

De presentator gaat verder met zijn introductie en vertelt over de wedstrijd, de vakjury, de workshops, de kandidaten en natuurlijk de drie finalisten. Het gaat grotendeels langs me heen.

'... met als resultaat drie fantastische jonge schrijvers die alle drie verzekerd zijn van talent, en de hoop zijn van toekomstig literair Nederland. Te beginnen met een jonge dame die veel indruk heeft gemaakt met haar psychologische verhalen doordrenkt van spanning en emoties, en met levensechte personages. Ze is veertien jaar oud en heeft met haar schrijfopdrachten bijna elke week de eerste plaats behaald. Een groot applaus voor Ana Bootsma!'

Een oorverdovend applaus zorgt ervoor dat ik heel even niet weet wat ik moet doen, maar bijna meteen na die eerste aarzeling sta ik op. Ik moet naar het podium, zo is het afgesproken. Met een gloeiend hoofd, waarvan ik zeker weet dat het roder is dan een tomaat, loop ik gespannen naar voren. Om me heen hoor ik gejoel en geroep. Even denk ik zelfs Roos' stem boven alles uit te horen. 'Go, Ana!' Ik draai me half om en kijk naar het publiek, maar iedereen staat en door de drukte is het lastig om gezichten te onderscheiden.

Eenmaal op het podium krijg ik nogmaals een applaus en dan is Thomas aan de beurt.

'... zestien jaar oud. Handen op elkaar voor Thomas Verduik!' Terwijl Thomas naar voren komt, zie ik dat ook hij naar het publiek kijkt. Ik laat mijn ogen in dezelfde richting dwalen. Ik zie heel veel vreemde gezichten, joelende mensen, maar ook een paar bekenden. Karin van scheikunde en zelfs die rare Inge van muziekles. *Wie had dat kunnen denken.*

Dan zie ik Ymke. Ze kijkt naar Thomas, net als iedereen. Klappend staat ze voor haar stoel. Ze is toch gekomen. Ergens verbaast dat me wel, maar veel tijd om erover na te denken heb ik niet. Thomas komt vlak naast me staan en vrijwel meteen ben ik Ymke en de rest vergeten. De hele situatie voelt totaal onwerkelijk. Al die mensen die naar ons kijken. Het liefst zou ik zijn hand vastpakken en samen met hem van het podium lopen.

'... en onze laatste en oudste finalist: Myrthe Steegers, zeventien jaar oud! Graag een groot applaus!' Opnieuw klinkt er gejuich en dan staat ook Myrthe op het podium. Mijn hart begint harder te kloppen en ik voel me een beetje draaierig. Het is tijd voor het belangrijkste gedeelte. Na al die maanden wordt eindelijk bekendgemaakt wie er heeft gewonnen.

'... de afgelopen twee weken heeft heel Nederland de drie verhalen van onze finalisten kunnen lezen, en iedereen heeft kunnen stemmen. In tegenstelling tot de voorgaande rondes gelden dit keer alleen de publieksstemmen. De vakjury heeft niet mogen stemmen. Verder zijn er tijdens deze laatste ronde geen stemgegevens vrijgegeven via de website, waardoor de uitslag geheim is gebleven.

Ik kan jullie één ding vertellen: er zijn enorm veel stemmen binnengekomen. De dromen van onze kandidaten zijn veelvuldig gelezen en met heel veel stemmen gewaardeerd. Toch is er een duidelijke winnaar uit gekomen. Iemand die het lezerspubliek heeft geraakt en de andere finalisten ver achter zich heeft gelaten. Maar laten we beginnen met de nummers twee en drie.'

Op de achtergrond laat het videoscherm een montage zien van opnamen die tijdens de workshops zijn gemaakt. Dan blijft het beeld stilstaan.

'Op de derde plaats, met zestien procent van de stemmen... Myrthe Steegers, met haar spannende verhaal "In één jaar de wereld rond"!'

Bijna als vanzelf begin ik te klappen. Mijn hart maakt een extra slag. Ik zit nog steeds in de wedstrijd. *Samen met Thomas.* Ik probeer niet al te blij te kijken. Dat is ongepast, maar hoewel ik het jammer vind voor Myrthe, ben ik superblij dat ik er niet uit lig. En ik klap nog iets harder als de presentator nogmaals Myrthes naam noemt en haar een bos bloemen en een envelop overhandigt. Ze lacht, maar ik zie in haar ogen dat ze teleurgesteld is. Logisch.

'En dan nu het moment waar we allemaal op gewacht hebben. De winnaar van Imagine!. Heeft het publiek gekozen voor het korte verhaal van Ana Bootsma, "Nog een dag te leven"? Een herkenbaar verhaal vol emoties en prachtige beelden. Of heeft het publiek gestemd op het korte verhaal van Thomas Verduik: "Ik droom niet"? Een stoer en direct geschreven verhaal.'

Voor mijn ogen zie ik kleine stipjes. Ik probeer bekende gezichten te vinden, kijk opzij en zoek Thomas' ogen. Als hij me aankijkt zie ik de spanning. *Dus toch!* Maar een opluchting is het niet. Een van ons gaat verliezen.

De presentator houdt zijn adem in en kijkt nog eens op het kaartje in zijn hand. Daarna richt hij zijn blik op Thomas en mij. Op dat moment weet ik zeker dat ik ga verliezen en in een reflex pak ik Thomas' hand vast.

'... en de winnaar van Imagine!, met eenenzestig procent van de stemmen, is geworden...'

Hoofdstuk 17

Om me heen is het opeens een enorm lawaai. Iedereen schreeuwt en klapt. Verbaasd kijk ik rond en opnieuw hoor ik de presentator.

'Ana Bootsma! De winnares van Imagine!. Zij wint een jaar lang gratis boeken van uitgeverij Jongster, een jaar lang intensieve schrijfbegeleiding door literair agentschap De Heer en Brouwers, en natuurlijk deze prachtige award!' De presentator kijkt me aan en verward draai ik me om naar Thomas. Zijn mond staat strak. Hij is teleurgesteld.

Dan legt de presentator een hand op mijn arm. 'Ana, gefeliciteerd. Wil je nog iets zeggen?'

Alle ogen zijn op mij gericht en even ben ik vergeten wat er nu precies van me wordt verwacht. Dan herpak ik mezelf en weet ik het weer. *Toespraak!*

'Dank je wel.' Ik pak de microfoon aan. 'Ik ben heel erg blij dat ik gewonnen heb.' Mijn ogen zoeken die van mijn vader. 'Ik had het zeker niet verwacht.' Ik haal even adem en ga dan verder: 'Ik wil een paar mensen bedanken. Allereerst de organisatie en de vakjury, het publiek en iedereen die op mij gestemd heeft, mijn vrienden – met name Roos, mijn beste vriendin – mijn leraar Nederlands en mentor René van Meren, zonder wie ik me zeker niet ingeschreven had. En niet in de laatste plaats wil ik mijn ouders bedanken. Mam, pap, ik hou van jullie.' Ik kijk opnieuw naar het enthousiaste publiek en haal nog een keer diep adem. 'Verder wil ik iemand bedanken zonder wie ik nooit zo ver zou zijn gekomen. Zowel met het schrijven als in deze wedstrijd. Iemand die altijd in mijn gedachten is en altijd bij me zal zijn: mijn broertje Daniël.' Mijn ogen beginnen te branden en terwijl ik de award omhoogsteek, doe ik een stap naar achteren en kijk naar het joelende publiek. *Wie had dat kunnen denken toen ik je vroeger mijn verhalen voorlas, Daniël. Ik heb gewonnen. Ik heb echt gewonnen!*

Tijdens de bijeenkomst na de prijsuitreiking heb ik geen moment rust. Ik heb Thomas gezocht, maar na de gezamenlijke foto's is hij net als ik druk in gesprek. Telkens met andere mensen. Ik neem de ene na de andere felicitatie in ontvangst en beantwoord vragen van journalisten. Ik ben blij dat ik naar Roos heb geluisterd en mijn rode jurk heb aangetrokken.

Als ik op mijn schouder word getikt draai ik me om. Ik kijk recht in de ogen van mijn vader. Hij lacht, maar ik zie ook bezorgdheid.

'Pap!' Blij geef ik hem een knuffel.

'Gefeliciteerd, Ana. Ik ben zo trots op je! En ik weet zeker dat je moeder ook trots op je is.' Hij drukt me nogmaals tegen zich aan. 'Je bent een kanjer, weet je dat?' Hij knijpt even in mijn schouder. Zijn ogen zijn vochtig.

'Het is goed, pap.' Hij knikt en slaat zijn arm om mijn schouder. Ik negeer iedereen om ons heen. Mijn vader gaat voor.

'Ik ga zo alvast weg, Ana.'

Weg? Waarom gaat-ie weg? Ik probeer mijn teleurstelling te verbergen.

'Ik wil nog even langs het ziekenhuis. Ze belden net of ik nog wat spullen kan brengen. Je kunt met Roos en haar ouders meerijden. Zij zullen je thuisbrengen.' Hij geeft me nog een kus en loopt achterwaarts richting de uitgang. 'Ik zie je vanavond, lieverd. Ik ben supertrots op je. Niet vergeten.' Dan draait hij zich om.

Een beetje verloren blijf ik staan. Ik vind het vreemd dat hij spullen moet brengen. Wat dan? Hij heeft gisteren toch een tas met schone kleding meegenomen? Echt prettig voel ik me er niet over.

'Hé Ana, gefeliciteerd.' Ik herken de stem en draai me om. Ymke. Haar glimlach geeft me een onbehaaglijk gevoel. Waarschijnlijk omdat ik door haar aan Lucy moet denken. *Gewoon antwoorden. Niets van aantrekken.*

'Dank je. Ik had het niet verwacht.' *En jou ook niet.* Ik beantwoord haar omhelzing en kus drie keer in de lucht. Gooise kussen, zoals Linda de Mol ze geeft op televisie.

'Wij ook niet.' Ymke kijkt me strak aan en even twijfel ik of ze serieus is of een grapje maakt.

'Wie zijn "wij"?' Uitdagend kijk ik haar aan en ik zie dat ik haar verras met mijn tegenvraag. Ze spert haar ogen iets wijder open en slaat haar armen verdedigend over elkaar.

'Gewoon, je weet wel. Sommige klasgenoten, en Lucy natuurlijk.' Ymke kijkt even opzij en ik volg haar blik. Aan de andere kant van de ruimte staat Thomas, die toevallig net op dat moment ook in onze richting kijkt. 'Maar ik ben wel blij voor je, hoor.' Ze lacht me toe en ik lach terug. Omdat het hoort. Voor mijn part mag ze ophoepelen.

De tijd vliegt voorbij en na nog een kort gesprek met Sandra Grooten begint het langzamerhand rustiger te worden. Het is tijd om te gaan en ik zie nog net hoe Thomas samen met een oudere man naar buiten loopt. Waarschijnlijk zijn opa. Z'n ouders moesten werken. Ergens in het buitenland. Tenminste, dat heeft hij me verteld. *Best lullig.*

Ik hou mijn hand als een telefoon bij mijn oor en lach naar hem. Hij steekt zijn hand op en knikt. Geen lach, alleen een groet. Dan is hij verdwenen. *Ik mis hem nu al.*

Nadat ik de mensen van de organisatie nogmaals heb bedankt en mijn award en bloemen onder mijn armen heb gestoken, loop ik samen met Roos en haar ouders naar buiten. Hun auto staat drie grachten verder en rustig lopen we over straat. Roos kletst honderduit. Ik kan alleen maar luisteren, nog steeds onder de indruk van de afgelopen paar uur. Ik heb echt gewonnen. Wie had dat kunnen denken?

De hele weg naar huis kan ik aan niets anders denken. Af en toe kijk ik op mijn mobiel. Ergens hoop ik op een berichtje van Thomas; hij is zo abrupt vertrokken. De wedstrijd is voorbij, maar dat betekent toch niet dat onze relatie ook meteen voorbij is?

'En, wanneer zie je Thomas weer?' Roos draait zich half naar me om. Blijkbaar denkt ze dat ik een berichtje van hem heb ontvangen. Ik haal mijn schouders op. Roos kent geen schaamte en hoewel we achterin zitten, heb ik geen zin om hierover te praten terwijl haar ouders voorin meeluisteren.

'We zien wel.' Ik kijk naar buiten en zie opgelucht dat we net onze straat in rijden. Snel pak ik mijn tas, de award en de bloemen.

'Zie ik je morgen nog?' Roos kijkt me vragend aan, maar ik moet haar teleurstellen. Morgen wil ik naar mijn moeder. Ik wil haar zelf vertellen over de uitslag. Misschien kan ze me horen, en misschien helpt het haar om wakker te worden.

Roos' ouders wachten tot ik de voordeur heb opengedaan en rijden dan weg. Ik zwaai nog even en stap naar binnen. Het huis is leeg en donker. Ik ben alleen. Hèhè, na een dag vol mensen is het eindelijk rustig. Ik hang mijn jas aan de kapstok en loop door naar de keuken. Het licht verblindt me even, maar zodra mijn ogen gewend zijn zet ik mijn tas op de grond en mijn award op het kookeiland. Eerst maar eens die bloemen in het water zetten. Ik laat het papier erom, dan kan ik ze morgen meenemen naar het ziekenhuis. Ook al kan mijn moeder ze niet zien, zo'n boeket vrolijkt haar kamer wel op.

Een uur later heb ik me omgekleed en zit ik op mijn kamer achter mijn computer. In mijn mailbox vind ik een paar felicitaties en net als ik op het punt sta om er eentje te openen, hoor ik de deurbel gaan. Verbaasd kijk ik op het klokje onder in mijn beeldscherm. Kwart over negen. Ik verwacht mijn vader pas rond half elf terug. Vanuit het ziekenhuis gaat hij meestal nog even naar kantoor. Zelfs in de weekenden. *Workaholic.*

Als ik in de gang beneden het licht aandoe, zie ik een schaduw achter de voordeur. Door de ruit naast de deur zie ik dat er een jongen staat. Ik kijk nog een keer en dan pas zie ik wie het is. *Thomas? Wat moet die nou hier?* Tegelijkertijd beginnen de vlinders weer te fladderen en snel haal ik de deur van het slot.

'Thomas? Wat doe jij hier?' Ik doe een stap terug en trek de deur helemaal open. Hij loopt bijna meteen naar binnen. Zijn capuchon ver over zijn hoofd getrokken. Ik kan zijn gezicht nauwelijks zien.

Terwijl hij zonder iets te zeggen doorloopt naar de keuken, sluit ik de voordeur. *Hij zal toch niet boos zijn?*

In de keuken heeft Thomas zijn rug naar de deur gekeerd. Hij zegt niets, staat daar alleen maar.

'Thomas? Wat is er aan de hand? Wat kom je doen?' Ik zet voorzichtig een stap in zijn richting. Langzaam draait hij zich om. Zijn gezicht strak.

Zijn ogen koud. Meteen blijf ik staan. Er is iets mis.

'Thomas?'

Maar hij zegt niets. Dan haalt hij heel rustig zijn hand uit zijn zak. Mijn ogen volgen de beweging. Als hij zijn arm uitsteekt houdt hij iets vast. Het is de gouden bedelarmband van mijn moeder! Hoe komt Thomas daaraan? Ik dacht dat ze die in het ziekenhuis van mijn moeders pols gehaald hadden. Een dag na mijn moeders opname had de verpleegkundige een zakje met sieraden aan mijn vader gegeven. Ik was ervan uitgegaan dat de armband daar ook in zat.

Zonder verder na te denken loop ik naar voren om het armbandje uit Thomas' hand te pakken.

'Hoe kom jij aan mijn moeders armband?' Mijn stem zweeft ergens tussen verbazing en boosheid. Opeens moet ik weer aan Lucy's woorden denken. Wat had ze ook alweer gezegd? 'Ik weet niet hoe die papieren in mijn tas gekomen zijn!' Ik had haar niet geloofd. *Maar wat als ze de waarheid gesproken heeft? Stel dat ze er echt niets mee te maken had? Stel dat Thomas erachter zat?*

'Ana, Ana, Ana... heb je het nou nog steeds niet door?' Thomas schudt glimlachend zijn hoofd. Bijna spottend. Zijn mooie groene ogen kijken me koud en kil aan. 'Hoe denk je zelf dat ik aan dat armbandje gekomen ben?' Hij zwaait het sieraad heen en weer. 'Jammer dat je moeder zo plotseling thuiskwam, maar ze was een makkelijke prooi. Gelukkig maar, want het ging me eigenlijk niet om haar. Ze heeft wel geprobeerd te vechten hoor, maar toen was het al te laat. Ik had gehoopt dat je na haar "zelfmoordpoging" met de wedstrijd zou stoppen, maar ja, je was eigenwijs. Je moest en zou doorgaan. En dan heb je ook nog een grote mond. Je moet je vijanden echt zorgvuldiger uitkiezen hoor, Ana. Je maakt sommige mensen heel boos met je uitspraken.'

Thomas' woorden dringen maar langzaam tot me door. Mijn moeder, vechten, het armbandje, uitspraken? Maar dan begrijp ik het opeens. Thomas zit achter mijn moeders ongeluk! Ze heeft helemaal geen zelfmoordpoging gedaan. Ze is aangevallen. Door Thomas!

Verbijsterd kijk ik hem aan, terwijl mijn hart steeds sneller begint te kloppen. 'Waarom? Ik snap het niet?' Tranen springen in mijn ogen, maar Thomas lacht er alleen maar om.

'Sommige dingen hoef je ook helemaal niet te snappen, Ana. Wat wel jammer is, is dat je talent verloren zal gaan. Als jij er niet meer bent gaat de prijs vast naar de nummer twee. En wie is ook alweer de nummer twee? O, ja: dat ben ik!'

Breed lachend doet Thomas vliegensvlug een stap naar voren, en voor ik het goed en wel besef heeft hij mijn pols in een ijzeren greep en trekt hij me naar zich toe. Mijn gezicht is heel dicht bij dat van hem. Ik kan zijn adem op mijn huid voelen en draai mijn hoofd weg. Ik walg van hem. Hoe heb ik hem ooit leuk kunnen vinden?

'Laat me los! Waarom doe je dit?' Ik kan niet geloven dat dit echt gebeurt en probeer mijn arm los te rukken, maar het helpt niet. Thomas is groter en sterker. Voor ik ook maar iets kan doen, lig ik op de grond en zit Thomas boven op mijn borstkas. Ik krijg bijna geen lucht. Ik probeer hem te schoppen. Met al mijn kracht probeer ik los te komen, maar Thomas is te zwaar. Het heeft geen enkele zin. *Ik wil niet dood!*

'Arme Ana. Ze wint een belangrijke schrijfwedstrijd en voor ze beroemd kan worden legt ze het loodje.' Dan sluit hij zijn handen om mijn keel. Zijn koude ogen staren in die van mij en ik voel hoe zijn vingers steeds dieper in mijn hals zinken. Er kraakt iets en ik zie zwarte stippen voor mijn ogen.

'Uuhhh... la... looss...' Maar het helpt niet en alles om me heen wordt steeds zwarter. Ik zie alleen nog Thomas' ogen. *Zijn mooie, maar nu zo koude ogen.* Ergens in de verte hoor ik een sirene en dan een hard krakend geluid en veel glasgerinkel.

Thomas' ogen zijn verdwenen. Alles is donker.

'Ana, Ana. Word eens wakker!' Mijn hoofd bonkt en mijn oogleden voelen zwaar. Ik wil niet wakker worden. Waarom doet mijn nek zo'n pijn? Dan herinner ik me opeens Thomas en meteen open ik mijn ogen. Een grote man in witte kleding kijkt me aan. Ik probeer omhoog te komen, maar de pijn in mijn hoofd is te erg.

'Rustig aan.' De man duwt me terug op de grond. Voorzichtig kijk ik om me heen. Er zijn nog meer mensen in de kamer. *Politie!*

'Ana?' Voorzichtig kijk ik in de richting van een nieuwe stem, die van rechts komt. Het is mijn vader. Zijn gezicht is nat. *Hij heeft gehuild!*

'Papa.' Ik probeer opnieuw omhoog te komen, maar de ambulancebroeder duwt me weer terug.

'Rustig aan, ik wil eerst je bloeddruk meten.'

Maar ik heb geen tijd. Ik moet mijn vader waarschuwen. 'Pap. Thomas.' Mijn stem klinkt hees en ik heb moeite met ademhalen. 'Thomas, mama!' Hoestend laat ik mijn hoofd weer zakken.

'Shh, lieverd. Rustig aan. We weten het. Je moeder heeft het ons verteld. Dat was de reden dat ik naar het ziekenhuis moest. Ik wilde je avond niet in de war schoppen, daarom heb ik niets gezegd. Je moeder leek te reageren op haar omgeving en inderdaad: ze is een paar uur geleden eindelijk bijgekomen.' Er klinkt een snik in zijn stem. 'Eerst begrepen we niet wat ze probeerde te vertellen. Haar spraak is nog niet zo goed. Pas een uur geleden konden we er eindelijk iets van maken.' Mijn vader begint te huilen.

'We hebben meteen de politie ingeschakeld, maar ik was zo bang dat we te laat waren. Toen ik je net zo zag liggen...' Zijn stem breekt en de tranen lopen over zijn wangen. 'We zijn zo dom geweest, Ana. Mam en ik. Het spijt me zo en je moeder ook. Het eerste wat ze zei toen ze wakker werd was jouw naam.' Mijn vader strijkt met één hand over zijn gezicht. Ik voel hoe zijn tranen op mijn arm vallen. Ze zijn koud, maar van binnen voel ik me steeds een beetje warmer worden.

'Je bloeddruk is in orde en zo te zien heb je geen ernstige verwondingen. Aangezien je wel even buiten bewustzijn bent geweest, nemen we je toch mee naar het ziekenhuis voor controle en ook om een arts even naar je hals te laten kijken. Misschien een foto. Zo te zien worden dat een paar behoorlijke blauwe plekken.' De ambulancebroeder roept een van zijn collega's en er wordt een brancard naast me neergezet. Ze helpen me erop te klimmen. Ik kan nog steeds niet geloven wat er gebeurd is. Thomas wilde mijn moeder en mij vermoorden om een wedstrijd te kunnen winnen? Dat kan toch niet waar zijn? Een moord om eerste te worden?

Als de brancard in de ambulance is gereden, komt mijn vader naast me zitten.

'Zodra je helemaal onderzocht bent gaan we naar je moeder. Ze wacht op je, Ana.' Mijn vader knijpt in mijn hand en opnieuw zie ik tranen in zijn ogen springen.

'Alles wordt vanaf nu anders, meissie. Dat beloof ik je.' Hij legt zijn andere hand op mijn voorhoofd en een warm gevoel trekt door mijn lichaam. Moe sluit ik mijn ogen. Ik kan niet wachten om mijn moeder te zien. Ik heb haar gemist. Al veel te lang.

Epiloog

Het huis ziet er verlaten uit, maar ik weet dat ze er is. Vanmorgen vroeg is ze weer teruggekomen uit het ziekenhuis, nadat die sukkel van een Thomas het gisteravond helemaal verpest heeft. Hij zit nu op het politiebureau en ik vraag me af hoelang het duurt voor hij zijn mond voorbijpraat of de politie zijn laptop en mobiel bekeken heeft. Ik weet dat het een kwestie van tijd is. Ik ben niet dom. Daarom sta ik hier. Als het dan toch zo moet eindigen, dan maar goed ook. Dat zal die trut leren; me daar een beetje uitschelden voor slet en ervoor zorgen dat ik in de problemen kom met mijn ouders. Twee maanden huisarrest en op mijn rug zeker drie weken blauwe plekken. Mijn vader is niet zo makkelijk. Hij heeft losse handjes en mijn moeder zal hem niet tegenhouden. Ze is zelf als de dood voor klappen. Het is allemaal Ana's schuld. Als zij haar bek gehouden had op dat feestje van Roos en niet zo veel lawaai gemaakt had toen Lucy en ik terugkwamen, was de moeder van Roos er nooit achter gekomen. Lucy en ik hadden gewoon kunnen gaan slapen. En belangrijker: mijn vader had niets geweten. Maar nee hoor, Ana de braverik moest zich er weer mee bemoeien.

Die wedstrijd kwam goed uit. Natuurlijk moest ze daaraan meedoen. En gelukkig deed Thomas ook mee. Mijn idee. Ik had hem kort daarvoor op Facebook leren kennen en was er al snel achter gekomen dat hij best goed kon schrijven. Sterker nog: schrijven was zijn droom. Dus de wedstrijd was mijn kans om wraak te nemen. Zijn verliefdheid op mij en zijn ego deden de rest. Hij was zelfs bereid om net te doen of hij verliefd was op

Ana. Als hij maar zou winnen en ik hem daarbij zou helpen. Het was allemaal zo makkelijk.

Thomas stal de papieren, ik deed ze in Lucy's tas. Nog zo'n dombo. Waarom die in vredesnaam met die wedstrijd meedeed? Ik zou het niet weten. Maar uiteindelijk kwam het me goed uit. Ana was ervan overtuigd dat Lucy die foto van dat dooie broertje in haar tas gestopt had. Ik genoot ervan toen Lucy het vertelde. Die had gelukkig niets in de gaten en was totaal verontwaardigd over wat er gebeurd was. Ze moest eens weten!

Ik doe snel een stap naar achteren. De voordeur gaat open en Ana staat samen met haar vader in de deuropening. Ik hoor ze praten en af en toe vang ik een deel van een zin of een woord op.

'Geef mam een knuffel... Roos is er... half uur... geen zorgen... red me wel.' Dan geven ze elkaar een kus en loopt haar vader naar de auto. Hij zwaait en rijdt weg.

Hij gaat vast op bezoek bij die moeder. Als dat mens gewoon dood was gegaan, dan had ik hier niet hoeven staan. Ana was dan vast gestopt met de wedstrijd, Thomas had zijn prijs gehad en verder kunnen gaan met schrijven, en ik had mijn wraak gekregen. Nog meer narigheid voor lieve, brave Ana. Eerst dat stomme broertje dood door die achterlijke Finn en nu ook geen moeder meer. Maar nee, ook dat gedoe met die moeder heeft Thomas verpest. Niet dood, maar in coma. Hoe dom kun je zijn. Sommige dingen moet je gewoon niet aan anderen overlaten.

Als ik mijn hand in mijn jaszak steek voel ik het zakmes van mijn vader. Het voelde goed toen ik het mes in Ana's fietsband stak. Erg goed. Ik vraag me af hoe het voelt als ik het in Ana steek.

Ik grijp het mes stevig vast en doe een stap naar voren. Ana is alleen thuis. Hoelang nog weet ik niet, maar in elk geval nu. Voor zover ik het net heb kunnen volgen komt Roos straks, dus ik moet opschieten. Snel steek ik over. Het is stil in de straat. Gelukkig.

Niet via de voorkant. Ik wil Ana verrassen. Via de tuin aan de achterkant is beter. Dan ziet niemand me. Het is een vrijstaand huis en erachter liggen alleen maar velden en een natuurgebied. Hoe handig.

Ik glip snel het pad langs de rechterkant van het huis op. De gordijnen zijn dicht. Des te beter. Vlug loop ik door. Het hek van de achtertuin zit niet op slot, ik kan er zo in. Daarna is het maar een paar stappen naar de keukendeur.

Ana is in de keuken thee aan het zetten en staat met haar rug naar de deur. Ze heeft niets in de gaten. Alleen al naar haar kijken maakt me misselijk. Wie denkt ze wel niet dat ze is? Mij beledigen en in de problemen brengen. Ik forceer een glimlach en tik op de achterdeur. Ja, kijk maar lekker verbaasd, trut. Je moest eens weten.

Als Ana de deur opendoet valt me meteen haar arrogante blik op. Om haar nek zit een sjaal, maar ik zie er een paar blauwe plekken onderuit komen. Arme Thomas. Zelfs iemand wurgen was te moeilijk.

'Ymke? Wat kom jij nou doen?'

Ik pak het mes in mijn jaszak stevig vast en open het voorzichtig met mijn vingers. Ondertussen kijk ik Ana aan en lach haar zo vriendelijk mogelijk toe. Dan geef ik haar antwoord. Want iedereen verdient een antwoord. Zelfs zo'n trut als zij. Mijn stem klinkt mierzoet en genietend staar ik in haar ogen.

'Ana, wil je spelen?'

Terwijl mijn woorden langzaam tot haar doordringen, opent haar mond zich om te gillen. Ik glimlach nog steeds en snel duw ik haar naar binnen. Ik heb geen tijd te verliezen. Roos kan elk moment hier zijn. Eindelijk wraak.

'Ymke!' Terwijl ik net mijn mes optil om te steken, hoor ik vlak achter me geschreeuw. Het is Roos. Ik beweeg mijn arm omlaag, ik heb geen tijd. Ik moet er een eind aan maken. Dan voel ik een enorme pijn door mijn schouder en rug gaan en voor ik het besef lig ik op de grond, samen met Ana. In mijn val heb ik haar meegesleurd en doodsbang probeert ze weg te kruipen. Ik negeer de pijn in mijn lichaam en zoek naar het mes. Het mes is de oplossing.

Roos heeft ondertussen een van de keukenkrukken gepakt en houdt hem dreigend omhoog. Vanuit mijn ooghoek zie ik mijn vaders zakmes liggen. Het glanst in het licht. Ik heb het nodig. Ik mag niet falen! Met een laatste krachtsinspanning spring ik op. Maar het is te laat. Roos haalt keihard uit. Het laatste wat ik zie is het angstige gezicht van Ana. Het geeft me een goed gevoel. Dan raakt de kruk me vol tegen de zijkant van mijn gezicht en wordt alles zwart.

De Nieuwe Nederlandse Courant

Poging tot moor
geweld bestraf
gevangenisstra

AMSTERDAM – De maximale jeugdstraffen die Ymke K. en Thomas V. kregen voor de poging tot moord op en het aanzetten tot geweld tegen Marianne Bootsma (41) en Ana Bootsma (14), zijn onherroepelijk geworden. Zowel het Openbaar Ministerie (OM) als de veroordeelden leggen zich neer bij de straffen die het gerechtshof in Amsterdam vorige week oplegde. Beide partijen zullen niet naar de Hoge Raad stappen, hebben zowel het OM als de advocaten van beide veroordeelden laten weten. K. en V. kregen van het hof één jaar jeugddetentie en twee jaar jeugd-tbs voor hun daden.

In de opmerkelijke zaak werd Marianne Bootsma, de moeder van Ana Bootsma, door Thomas V. aangevallen, daartoe aangezet door Ymke K. Hierbij raakte Marianne Bootsma zwaar gewond; zij heeft enkele weken in coma

n aanzetten tot
net één jaar
n twee jaar tbs

gelegen. Ymke K.'s vriendin Ana Bootsma werd zowel door Thomas V. als door Ymke K. aangevallen en kon tijdens beide geweldplegingen ternauwernood worden gered.

Thomas V. handelde in opdracht van zijn vriendin Ymke K., die hij had leren kennen via Facebook. Ana zou ruzie hebben gehad met K. tijdens een slaapfeestje. K. was samen met haar nichtje 's nachts naar een ander feestje gegaan. Bij terugkomst ontstond er ruzie, waarop Ana Bootsma Ymke K. zou hebben aangesproken op haar gedrag en haar in problemen hebben gebracht met haar ouders. K. is hierover zo boos geworden, dat ze meende wraak te moeten nemen. Een wraak die uitliep op het aanzetten tot geweld en drie pogingen tot moord, waaronder twee afzonderlijke moordpogingen op Ana Bootsma.

Achtergrondinformatie

Dit verhaal is geïnspireerd op de waargebeurde 'Facebookmoord'.

De Facebookmoord is een in de Nederlandse media gebruikte term voor de moord op Joyce (Winsie) Hau, op 14 januari 2012, door de toen 14-jarige Jinhua K. uit Capelle aan den IJssel. De vader van Winsie raakte hierbij lichtgewond. Deze moord kreeg de naam 'Facebookmoord' omdat een conflict op Facebook uiteindelijk tot de moord leidde.

Polly W. (16 jaar) en Winsie (15 jaar) waren vriendinnen, tot ze op een feestje onenigheid kregen. Winsie maakte op Facebook opmerkingen over Polly's gedrag. Polly heeft toen haar vriend Wesley C. (ten tijde van de moord 17 jaar) gevraagd maatregelen te nemen. Wesley schakelde op zijn beurt Jinhua K. in om Winsie te straffen.

Jinhua ging met een mes naar het huis van Winsie in Arnhem. Zodra Winsie de deur opendeed, stak hij haar neer. De toegesnelde vader raakte gewond in zijn gezicht. Winsie overleed enkele dagen later aan haar verwondingen.

De pleger van de moord, Jinhua, werd veroordeeld tot een jaar jeugddetentie en drie jaar jeugd-tbs, waarvan één jaar voorwaardelijk. De opdrachtgevers, Wesley en Polly, zijn beiden veroordeeld tot de maximale straf van twee jaar jeugddetentie en jeugd-tbs.

Bron: Wikipedia

Dankwoord

Zoals bij elk boek komt een verhaal nooit geheel tot stand zonder de hulp, wijze raad, steun en liefde van anderen. Uiteraard wil ik mijn man Edmondo en mijn kinderen Luciano en Arcangelo bedanken voor hun geduld, liefde en inspiratie. Door jullie voel ik me nooit onzichtbaar en ben ik in staat om mijn dromen na te jagen. Ik hou van jullie.

Verder wil ik mijn beste vrienden – Cindy Karijodikromo, Najoua Bijjir, Maaike de Vries, Tanja Schuurman-Robinson en Daniël Depp – bedanken voor hun humor, continue steun, geduld en vriendschap. Waar zou ik zijn zonder jullie? ☺

Natuurlijk wil ik ook mijn proeflezers bedanken. Heel erg bedankt: Anne-Jan, Karin, Nicole, Ink, Aukje, mijn oud-leraar René Vermeer, wiens wijze lessen mij aanspoorden om in mezelf te geloven, en Rosa. In het bijzonder wil ik de proeflezers bedanken die er de vorige keer ook al bij waren en mij altijd weer van goede commentaren voorzien: Mandy, Ymke en Isabelle, jullie zijn kanjers! En als laatste wil ik Jaia, mijn jongste proeflezer, in het zonnetje zetten. Jouw enthousiaste reactie gaf mij het gevoel dat ik op de goede weg zat. Dank je wel.

En niet in de laatste plaats mijn uitgeefster Mariska Budding, die me altijd gestimuleerd heeft om vooral te blijven schrijven, wat er ook gebeurt, en een lang gekoesterde droom heeft doen uitkomen. Redactrice Myrthe Spiteri voor haar frisse blik en eerlijke adviezen. Kim Moelands voor het lezen van Onzichtbaar en het geven van de prachtige quote op het omslag. En redactrice Hannerlie Modderman, die mij de afgelopen jaren continu van advies, raad en ideeën heeft voorzien. Bedankt voor jullie vertrouwen en alle feedback.

Uiteraard ben ik vast een paar mensen vergeten. Daarom wil ik iedereen die mij op wat voor manier dan ook heeft gesteund of op andere wijze een bijdrage aan het boek heeft geleverd, heel erg bedanken ☺.